# काव्या

सुधीर कुमार चाहल

AF759364

KAVYA
PUBLICATIONS
MAKING AUTHOR A BRAND

**Publisher:**

**SDR INNOWAYS INDIA PVT. LTD.**
667, Rajaward, Kulpahar, Mahoba - 210426

Imprint:
**KAVYA PUBLICATIONS**
Abhinav R.H.4, Awadhpuri, Bhopal - 462002

**Centre**
Kavya Publications
(Maxel Electronics) 8, 3rd floor DSIDC Shed SCHEME-1
Okhla phase -2, Delhi - 20.

**Mob. :** 7905266820, 9918801353
**Website:** www.kavyapublications.com
**E-Mail:** editor@kavyapublications.com

**ISBN** : 978-93-6431-871-6

**Year** : 2025



This book is printed at MTL and published by Ajay Agrawal, CEO of SDR Innoways India Pvt. Ltd. Kulpahar Mahoba with its imprint and centre, Kavya Publications Delhi.

# परिचय

सुधीर कुमार चाहल
पिता का नाम- श्री ओमवीर सिंह
माता का नाम- श्रीमती ओमवती देवी
ग्राम मोढ़ी जाट, पोस्ट कैलसा, जिला अमरोहा
पत्नी श्रीमती स्वाति चौधरी
पुत्री काव्या चौधरी
प्रेरणा स्रोत स्वर्गीय श्री महेंद्र सिंह
प्राथमिक शिक्षा प्राथमिक विद्यालय मोढ़ीजट में प्राप्त की तत्पश्चात माध्यमिक शिक्षा किसान इंटर कॉलेज ड्योढ़ी वाजिदपुर में प्राप्त करने के बाद स्नातक एवं स्नातकोत्तर की परीक्षा के जी के कॉलेज मुरादाबाद से प्राप्त की
प्रस्तुत पुस्तक कवि की पुत्री काव्या चौधरी के नाम पर है
कवि अपने माता-पिता एवं समस्त गुरुजनों  का हृदय से आभार व्यक्त करता है जिनके आशीर्वाद से यह काव्य लिखने की प्रेरणा प्राप्त हुई

# भूमिका

प्रस्तुत पुस्तक में कवि के द्वारा रचित गीत एवं गजलें हैं जिनके माध्यम से कवि के द्वारा सामाजिक, राजनीतिक, धार्मिक व प्रणयी मुद्दों पर प्रकाश डालने का प्रयास किया गया है एवं कल्पना व यथार्थ को जोड़ने का प्रयास किया गया है।

# अनुक्रमणिका

# बाबुल

इक रोज कोई रात सवेरे में ढल गई।
इक फूल सी बेटी किसी गोदी में आ गई।।

हाथों में उसके आके जमाना ठहर गया।
जीवन के अंधेरे में उजाला बिखर गया।।

बुझते हुए दीपक को सितारा बना दिया।
मुद्दत से अधूरे को मुकम्मल बना दिया।।

मुस्कान से बिटिया की उदासी भी खुशी है।
बेटी की हंसी बाप के चेहरे की हंसी है।।

ये दौर जो आया था वो ज्यादा ना चल सका।
जिस ख्वाब को देखा था वो पूरा ना हो सका।।

इक रोज उसके बाग में सैय्याद आ गया।
गुलशन से उसके छीन के बुलबुल को ले गया।।

जाते ही उसके जैसे घरौंदा बिखर गया।
सींचा था जिसको खून से गुलशन उजड़ गया।।

जिस घर में जहां भर की फिजां आई हुई थी।
उस आशियां में आज खिजां छाई हुई थी।।

अब सिर्फ अंधेरा है नहीं कोई शरारा।
छूटा है उसके हाथ से जीने का सहारा।।

बाजार में रिश्तों का भी सौदा किया गया।
इक बाप से बेटी को जुदा कर दिया गया।।

अब खुद के सिवा घर में और कोई नहीं था।
उस बाप का बेटी के सिवा कोई नहीं था।।

दिन बीत गए और महीने गुजर गए।
आंखों से आंसुओं के समन्दर गुजर गए।।

बचपन से जिसे बाप ने गोदी में खिलाया।
दुनिया ने उसे याद में उसकी ही रूलाया।।

रो रो के बहुत दर्द जहां को भी बताया।
बेदर्द जमाना ये मगर जान ना पाया।।

इक रोज उसके गम से आसमान रो पड़ा।
भगवान की आंखों से भी आंसू निकल पड़ा।।

उजड़ी हुई तकदीर भला कौन सजाये।
किस्मत में जो लिक्खा है उसे कौन मिटाये।।

नन्ही सी जान मां की परवरिश में आ गई।
मां बाप के झगड़े के बीच बंट के रह गई।।

माता को अपने शौक से फुर्सत ना मिल सकी।
बेटी को अपनी वक्त वो ज्यादा ना दे सकी।।

जब जब भी उसे बाप की यादों ने सताया।
बेटी को कभी मां ने पिता से ना मिलाया।।

सालों में ढलके वक्त के लम्हे गुजर गए।
छोटे से बीज थे जो अब दरख्त बन गए।।

माता के तन पे उम्र का जादू ना रह सका।
जो वक्त खो दिया था वो वापिस ना आ सका।।

छोटी सी परी आज समझदार हो गई।
सच- झूठ, ठीक और गलत सब समझ गई।।

इक रोज वो बेटी बड़ी बेचैन हो गई।
दुनिया के सवालों से परेशान हो गई।।

जब जान नहीं पाई वो जीवन की पहेली।
भीगी हुई आंखों से वो माता से ये बोली।।

सब लोग पूछते हैं मेरा बाप कहां है।
दुनिया में मेरे नाम का घर- बार कहां है।।

ये बात मां के दिल के आर पार हो गई।
बेटी के सवालों से जार जार हो गई।।

अंजाम अपनी भूल का सोचा ही नहीं था।
नादान थी उस वक्त ये जाना ही नहीं था।।

गैरों के लिए सात वचन तोड़ गई थी।
अपनों को भी दुनिया के लिए छोड़ गई थी।।

सुन करके वो बेटी की शिकायत को रो पड़ी।
सदमे की सख्त चोट से बिस्तर पे गिर पड़ी।।

अब लाख भी रोए तो कोई फैज ना होगा।
जो जुर्म किया था वो कभी माफ ना होगा।।

थोड़ी सी देर बाद जब वो होश में आई।
बेटी से छिपायी हुई हर बात बताई।।

इक पल का इंतजार भी बेटी ना कर सकी।
मिलते ही खबर बाप की ना दूर रह सकी।।

जितना उसे रोती हुई मां रोक रही थी।
उतना उसे बाबुल की गली खींच रही थी।।

सैय्याद के जालों का भंवर खत्म हो गया।
बुलबुल को अपना खोया हुआ बाग मिल गया।।

दहलीज से जब बाप को बेटी ने बुलाया।
पड़ते ही नजर उसका पिता दौड़ के आया।।

मुद्दत से जो सीने में तड़प थी वो मिट गई।
सूनी थी जो दहलीज फिर से आज सज गई।।

# सितम

अंधेरों में इक लौ भी जलती नहीं है।
सहर मेरी रातों को मिलती नहीं है।।

मुकम्मल समंदर मेरी मिलकियत है,
सितम ये है के प्यास बुझती नहीं है।

बहुत ही हंसीं है सितारों की दुनिया,
मगर क्या करें सबको मिलती नहीं है।

मैं चलता हूं सबको समेटे हुए पर,
कोई शह मेरे साथ चलती नहीं है।

उमर डूब जाने पे हमने ये जाना,
के पानी पे तस्वीर बनती नहीं है।

जलाने से पहले मुझे जान लो तुम,
बुझी राख हर बार जलती नहीं है।

# शायद

हम कभी हम ना रह सकें शायद।
अब के बिछड़े ना मिल सकें शायद।।

तुम तो फिर भी तुम्ही रहोगे मगर,
हम ही खुद में ना रह सकें शायद।।

बिन तेरे जिस्म तो रहेगा मेरा,
जान बाकी ना रह सके शायद।

तुमसे अब कोई शिकायत ना रही,
अब गिले भी ना रह सकें शायद।

ये तो मुमकिन है हम मिलेंगे कहीं,
फिर से ये दिल ना मिल सकें शायद।

# सफर

है जमीं तक या आसमां तक है।
कौन जाने सफर कहां तक है।।

चल रहा हूं मगर खबर ही नहीं,
और जाना मुझे कहां तक है।

उनके दिल में उतर सका ना कभी,
क्या खबर फासला कहां तक है।

रोज जीता हूं रोज मरता हूं,
जाने ये सिलसिला कहां तक है।

दिल के अंदर कोई गिला ना रखो,
क्या पता जिंदगी कहां तक है।

# खुदाया

ना गिरजाघर, ना मंदिर, मस्जिदों में तू बसा है।
फकत सीने के अंदर रुह में ही तू रहा है।।

किसी को हो ना हो पर मेरे दिल को ये खबर है,
जमीं से आसमां के पार तक तेरी नजर है।
तेरे ही नूर से बुझते दिए रोशन हुए हैं,
तेरे ही आफताबों से अंधेरों में सहर है।।
सुनी और अनसुनी हर दासतां में तू रहा है,

जमीं पर हर तरह के जलजले तूने सहे हैं,
जहर पीकर भी तेरे होठ मुस्काते रहे हैं।
तू अपने घर से बेघर घूमता फिरता रहा है,
मगर हाथों से तेरे सबके घर बसते रहे हैं।।
कभी जंगल में भटका है कभी सूली चढ़ा है,

इशारों पर तेरे सारी शहें चलती रहेंगी,
सभी पर बरकतों की बारिशें होती रहेंगी।
तेरे रुतबे को हर इक आदमी पहचानता है,
तेरे जलवों से रुहें रूबरू होती रहेंगी।।
जहां सूरज नहीं जाता है, तू जाता रहा है,

# गुरु प्रेरणा सर्वोदय

जिसकी शिक्षा से अमरोहा में फैला उजियारा है।
गुरु प्रेरणा सर्वोदय विद्यालय एक हमारा है।।

शिक्षा के इस मंदिर में जो शीश झुकाने आया है।
जो कुछ भी चाहा है उसने जीवन में वो पाया है।।
ज्ञान दान में समझौता जिसको ना कभी गंवारा है,

शिक्षा व अनुशासन हेतु इसको जाना जाता है।
हर बच्चा आदर्शों के बल पर पहचाना जाता है।।
बोर्ड परीक्षा परिणामों में जिसने नाम निखारा है,

सबसे पहले देश प्रेम का पाठ पढ़ाया जाता है।
इस शिक्षा के बाद यहां विज्ञान सिखाया जाता है।।
जिसके आंगन से नैतिक मूल्यों की बहती धारा है,

# आजकल

आप नजरें बचा रहे हो क्या।
दाग कोई छुपा रहे हो क्या।।

जब गए थे तो साद थे लेकिन,
आज छिप-छिपके रो रहे हो क्या।

आजकल ख्वाब में नहीं आते,
मेरी नजरों में मर गए हो क्या।

दिन तो अब जैसे निकलता ही नहीं,
तुम कहीं जाके सो गए हो क्या।

दिन को रातों से भर लिया तुमने,
आफताबों से डर गए हो क्या।

अब मेरी आंख में धुंधली है ज़मीं,
तुम निगाहों से बह गए हो क्या।

जमीं ए रूह मेरी सूख गई,
तुम कहीं और बरसते हो क्या।

# मर्ज

होके जुदा भी रूह से शायद जुदा नहीं।
मेरे जहन में आज भी तू बेवजह नहीं।।

कोई तो बेबसी रही जिसने जुदा किया,
इतना यकीन है मुझे तू बेवफा नहीं।

हंसते हैं मगर आंख में अश्कों की नमी है,
हर दर्द छिपाया है किसी से कहा नहीं।

रातें उदास हैं मेरी सहरें हैं गमजदा,
इतना रुला दिया है के मैं फिर हंसा नहीं।

ना रूह को सुकून है ना दिल को चैन है,
ये मर्ज लाइलाज है इसकी दवा नहीं।

# सरेराह

एहसास मेरे दर्द का मुझसे ना जुदा कर।
रहने दे मेरे जख्म की कोई ना दवा कर।।

अब तू भी किसी घर की अहद शर्मोहया है,
यूं रोज सरेराह इशारा ना किया कर।

जी जी के थक गया हूं जिंदगी के सफर में,
सदके में मेरे रोज खुदा से ना दुआ कर।

लफ्जों को समझने का हुनर सबको नहीं है,
नजरों की गुफ्तगू को जुबां से ना कहा कर।

दुनिया की बद्दुआ से भला कौन मरा है,
लोगों की कही बात का शिकवा ना किया कर।

# जमीं की आह

सहर बेफिक्र होनी चाहिए थी।
सुकूं की शाम होनी चाहिए थी।।

जहां भर की सुलगती आतिशों में,
कोई बरसात होनी चाहिए थी।

जलाकर खाक कर जाते दिनों में,
कोई तो रात होनी चाहिए थी।

उमर भर की उदासी में किसी पल,
हंसी थोड़ी सी होनी चाहिए थी।

ठहर करके कभी तो आसमां को,
जमीं की आह सुननी चाहिए थी।

जुबां वालों को चुप रहना गलत है,
उन्हें हर बात कहनी चाहिए थी।

मुझे काफिर कहा ये गम नहीं पर,
जुबां वो पाक होनी चाहिए थी।

# अग्निपथ

उस रात शहर की गलियों में,
इक वीरानी सी छाई थी।
खिड़की, दरवाजे, दहलीजें,
सुबहा से ना खुल पाई थीं।।

हंसते, मुस्काते चेहरों पर,
लग गए उदासी के पहरे।
हर ओर खौफ के सायों में,
डरते थे चेहरों से चेहरे।।

अंबर तक धरती की दहशत,
इतनी तेजी से फैल गई।
चंदा, तारों की सजी हुई,
बारात भी छिप कर बैठ गई।।

उस वक्त किसी टूटे घर में,
सहमी सी चीखें निकल पड़ीं।
भूखे बच्चों की आंखों से,
आंसू की धारें फूट पड़ीं।।

लाचार बाप, दुखियारी मां,
ऊपर से भूखी संतानें।
उस पल उस घर की पीड़ा को,
था कौन भला जो पहचाने।।

उस रोज शहर के दंगों ने,
सड़कें खाली कर डाली थीं।
बेरंग हो रही दीवारें,
सब लहू लहू कर डाली थीं।।

इक हवा चली थी जहर भरी,
इक आग लगी गलियारों में।
सब जला दिया, सब मिटा दिया,
मजहब के ठेकेदारों ने।।

बच्चों के सिकुड़े पेटों में,
जब भूख ने हद को पार किया।
उठ खड़ा हुआ लाचार पिता,
पल में दहलीज को पार किया।।

मीलों फैली जलती सड़कें,
जलते फुंकते बाजार मिले।
जैसे ही थोड़ी दूर चला,
हथियार बंद कुछ लोग मिले।।

कुछ आंखों में हिंदू दुश्मन,
कुछ आंखों में मुस्लिम दुश्मन।
कैसे इसको जाना जाए,
है कौन भला किसका दुश्मन।।

जैसे ही उस पर नजर पड़ी,
सारों ने मिलकर घेर लिया।
तू कौन है क्या मजहब तेरा,
ये कहकर उसको रोक दिया।।

होठों पर कंपन दौड़ पड़ी,
आंखों से आंसू छलक पड़ा।
करके बच्चों की भूख याद,
बेचैन बाप यूं बोल पड़ा।।

ए मेरी भटकी संतानों,
तुम क्या मजहब को जानोगे।
जब तुम खुद को ना जान सके,
तो मुझको क्या पहचानोगे।।

कितनों को रोता छोड़ दिया,
क्या किसी का आंसू पी पाये।
घर बार फूंक डाले तुमने,
पर क्या तुम भूख जला पाए।।

इंसां के घर पैदा होकर,
इंसां का खून बहाते हो।
जिस थाली में खाया तुमने,
उसमें ही छेद बनाते हो।।

फिर भी तुमको बतलाता हूं,
मैं इसी शहर से आया हूं।
घर में हर कोई भूखा है,
मैं खाना लेने आया हूं।।

लाशों की नीवों पर तुमको,
मजहब का घर बनवाना है।
कुछ गद्दारों के कहने पर,
तुमको बस खून बहाना है।।

तुम मजहब से गर हिंदू हो,
मुस्लिम कहकर मुझको मारो।
हो अगर मुसलमां के बेटे,
तो हिंदू समझो फिर मारो।।

लाचार बाप की बातों से,
पत्थर भी जैसे पिघल पड़े।
तलवारें, खंजर, बंदूकें,
सारे हाथों से फिसल पड़े।।

झुक गए सभी के सर उस पल,
आंखों में पानी भर आया।
जो पाप किया अन्जाने में,
तब जाकर कहीं समझ आया।।

मिट गए गिले, बुझ गई आग,
हिंदू मुस्लिम सब एक हुए।
ईदें हिंदू के गले लगीं,
मुस्लिम होली ने भिगो दिए।।

# जरूरत

इश्क की राह पे जाने की जरूरत क्या है।
अपनी हस्ती को मिटाने की जरूरत क्या है।।

जिंदगी सिर्फ हमें एक दफा मिलती है,
यूं इसे खाक बनाने की जरूरत क्या है।

बात करने के लिए सिर्फ नजर काफी है,
फिर भला शोर मचाने की जरूरत क्या है।

भर गया है जो अगर जी तो किनारा कर लो,
बेवजह साथ निभाने की जरूरत क्या है।

घर के अंदर ही रहे बात तो बेहतर होगा,
सारी दुनिया को सुनाने की जरूरत क्या है।

जब कोई आपकी दहलीज पे रहता ही नहीं,
रोज घर लौट के आने की जरूरत क्या है।

# भारत की नारी

पैरों में जंजीर पड़ी थी,
मुंह पर लज्जा का ताला।
भारत की नारी ने फिर भी,
इतिहासों को रच डाला।।

अभ्यासों व परिणामों में,
कितनी बार घिरी होगी।
बाद अनेकों त्यागों के,
उसको पहचान मिली होगी।।

धरती से नभ के अंतर भी,
उसके पग ने नाप लिए।
लोक लाज से बंधे हुए भी,
सात समंदर पार किये।।

विज्ञानों की स्पर्धा या,
घर की जिम्मेदारी है।
खेल, चिकित्सा, राजनीति में,
उसकी हिस्सेदारी है।।

पन्ना की बलिदानी गाथा,
बच्चा बच्चा गाता है।
वीर पद्मिनी के जौहर पर,
आंख से आंसू बहता है।।

हर नारी में सावित्री व,
कर्णवती की शक्ति है।

इक राधा की प्रेम कहानी,
इक मीरा की भक्ति है।।

जब - जब मेरे भारत का,
इतिहास बनाया जाएगा।
औरत तेरा नाम,
स्वर्ण अक्षर से लिखा जाएगा।।

फिर भी इस देवी का हमने,
जन्म पूर्व संहार किया।
इसके कितने ही भ्रूणों को,
कोखों में ही मार दिया।।

लिंग भेदों का आज सभी को,
मूल नाश करना होगा।
बेटे की भांति बेटी का,
जन्मोत्सव करना होगा।।

# ग़म की सोहबत

बुझके क्या कोई आफताब रहे,
गम की सोहबत में कौन साद रहे।

लोग जिन्दों को भूल जाते हैं,
मौत के बाद कौन याद रहे।।

दिल के रिश्तों को निभाने के लिए,
क्या लुटाया है क्या हिसाब रहे।

खुद ही शोलों को खरीदा है अगर,
खाक होने का क्या मलाल रहे।

जो निगाहों से गिर गए उन पर,
दिल को फिर कैसे एतबार रहे।

कर्ज जीने के गर किए हैं अदा,
आखिरी सांस क्या उधार रहे।

# दगा

साथ रहकर भी मेरे साथ दगा करते हैं।
मेरे अपने मेरे मरने की दुआ करते हैं।।

देके हंसने की वजह खूब रुलाते हैं मुझे,
इस तरह लोग मेरे गम की दवा करते हैं।

यूं ही चेहरे पे उदासी को नहीं ओढ़ लिया,
मेरे हंसने से कई दोश्त जला करते हैं।

साथ उतरे थे मेरे जो भी समंदर में कभी,
आज गैरों की कश्तियों में सफर करते हैं।

बेगरज कोई मेरा साथ निभाता ही नहीं,
सिर्फ मतलब के लिए लोग मिला करते हैं।

# फासले

पास मेरे ना सही दूर सही।
तू कहीं भी है मगर है तो सही।।

फासले दूर कर सके ना तुझे,
घर में ना है तो रूह में ही सही।

हर जगह साथ मेरे तू ही रहे,
ना हंसी में तो अश्क में ही सही।

ना तो मिलते हैं बिछड़ते भी नहीं,
साथ ना है तो याद में ही सही।

फिर किसी मोड़ पे मिलना है हमें,
पास से ना तो दूर से ही सही।

# कमबख्त

आदमी सिर्फ दिखावे की वफ़ा करता है।
हर कोई शख्स बिछड़ने को मिला करता है।।

एक मैं हूं के उसे याद ही नहीं करता।
एक दिल है के उसे भूल ही नहीं पाता।।
आंख से छूट के सीने में रहा करता है,

दर्द ए रूह मुकम्मल खतम नहीं होता।
बांटने से भी ये कमबख्त कम नहीं होता।।
याद आ जाए तो रह-रह के उठा करता है,

भूल जाऊं तो कभी याद भी आना ना मुझे।
दूर हो जाओ तो आवाज लगाना ना मुझे।।
बाद रुखसत के भला कौन मिला करता है,

# विश्वास

सोने के महलों से ज्यादा मुझको अपनी कुटिया प्यारी।
तेरी मखमल की सेजों से ज्यादा गहरी खाट है प्यारी॥

दौलत की ताकत के बल पर मुझको तोड़ नहीं पाएगा।
सिक्कों के इन बाजारों में मुझको तोल नहीं पाएगा॥

मैं तो एक हवा का झोंका हूं जब चाहूं बह जाऊंगा।
तेरे चांदी के पिंजरे को तोड़ के इक दिन उड़ जाऊंगा॥

मेरे पैरों को जंजीरों में रख पाना बहुत कठिन है।
आसमान की ऊंचाई से नीचे लाना बहुत कठिन है॥

माना के तेरे हाथों से घोर अमावस हो जाती है।
पर यह याद रहे आशा से रात पूर्णिमा हो जाती है॥

जब जब तूने मेरा सपना पैरों के नीचे कुचला है।
तब तब मन में उम्मीदों का एक नया सूरज निकला है॥

हिम्मत की लौ से मन के अंधियारे रोशन हो जाते हैं।
धीरज से मुश्किल के क्षण भी आसानी से कट जाते हैं॥

हो सकता है कर्म पथों पर तोड़ के फेंका जाऊं कभी मैं।
इसका यह भी अर्थ नहीं कि फिर से ना बन पाऊं कभी मैं॥

तू जितना रोकेगा मुझको मैं उतना चलता जाऊंगा।
मैं तो हूं विश्वास हमेशा आगे ही बढ़ता जाऊंगा॥

# माँ

एक दिन घर से चला मैं, घूमने फिरने की खातिर।
शहर था अन्जान मुझसे, और था मैं इक मुसाफिर।।

ठण्ड इतनी थी कि पानी बर्फ जैसा लग रहा था।
भास्कर किरणें समेटे  बादलों में छिप रहा था ।।

उस घड़ी मेरी नजर कुछ, दूर जाकर रूक रही थी।
सामने से एक बूढी उस सड़क पर आ रहीं थी।।

उसके हाथों में कटोरा, और इक लाठी थी उसकी।
एक चादर में फटी सी  काँपती थी देह उसकी ।।

माँगकर खाती थी रोटी, इक भिखारिन थी कोई वो।
भूख और लाचारगी का इक उदाहरण थी कोई वो।।

दीन मुख मुद्रा में वृद्धा  हाथ अपने जोड़ती थी।
आने जाने वाले हर इंसान से कुछ माँगती थी ।।

ज्ञात था मुझको कोई  फरियाद मुझसे वो करेगी।
आँख जो सूखी नहीं उसकी अभी फिर नम करेगी ।।

उसके कहने से ही पहले मैंने उसको रोक डाला।
फिर ठिठुरते तन पे उसके  अपनी चादर को था डाला।।

मैंने बोला नैन कहते हैं व्यथा तुम ना सुनाओ।
आप शायद भूख से पीड़ित  हैं माता बैठ जाओ।।

कौन सा कर्तव्य मुझको पास उसके खींच लाया।
ज्ञात मुझको है नहीं स्नेह उस पर क्यों लुटाया ।।

देखकर उसको मुझे माँ याद अपनी आ रही थी।
जिसके आँचल के तले ये जिन्दगानी कट रही थी।।

मेरी माता से मुझे स्नेह इतना मिल रहा था।
उस भिखारिन में मुझे माँ का ही चेहरा दिख रहा था।।

देखकर उसको नयन में चित्र माँ का छप गया था ।
इस वजह से ही मैं शायद पास उसके खिंच गया था।।

एक तरू की छाँव में आराम से उसको बिठाया।
फिर बड़े ही चाव से मैंने उसे भोजन खिलाया।।

जब उदर में रोटियों ने भूख की अग्नि बुझायी।
मुखपे उस बूढ़ी के खोई मुस्कुराहट लौट आयी।।

प्रेम से भोजन किया और राह अपनी चल पड़ी वो।
मेरे सिर पर हाथ रख सौ-सौ दुवाएँ दे चली वो।।

मैं बड़ा खुश था दुवाओं का खजाना मिल गया था ।
ऐसा लगता था मुझे सारा जमाना मिल गया था।।

यह कथा इक कल्पना है जिसको सुनता है जमाना ।
लक्ष्य इसका प्रेम और उपकार की शिक्षा है देना ।।

नेक नजरों से अगर देखो है दुनिया खूबसूरत ।
जिसके अन्दर आदमी को आदमी की है जरूरत।।

प्यार ही वो चीज है जो  स्वर्ग जीवन को बनाये।
पत्थरों को मोम करने का हुनर सबको सिखाये ।।

है दुआ भगवान से कि  सिर्फ इतना काम कर दो ।
खो गया है जो कहीं वो प्यार इंसानों में भर दो।।

# आज का भारत

बिगड़ गई हालत भारत की कैसे इसे सुधारोगे।
उजड़े इस वीरान चमन में कैसे फूल खिलाओगे ।।
ठेकेदारी से बनती है दो दिन को सरकार यहाँ।
रातों रात गिरा दी जाती है खिचड़ी सरकार यहाँ।।
घोटालों से भरी पड़ी है हर नेता की अलमारी।
इनको क्या मतलब मर जाये भूखी ये जनता सारी ।।
राजनीतियों की चालों से कैसे देश बचाओगे,
उजड़े इस-------------------------------------------

पशुओं की तरहा मानव का खून बहाया जाता है।
नोच लिया जाता है उसका चेहरा जो सच कहता है।।
खुलेआम गुण्डा गर्दी को लोग देखते रहते हैं।
आँख जुबां लेकर भी सब अंधे गूंगे बन जाते हैं।।
पशुओं जैसे लोगों को तुम क्या आदर्श सिखाओगे,
उजड़े इस-----------------------------------------------

झूठ और लालच बैठा है हर दिल के सिहांसन पर।
मक्कारी शिक्षक बन बैठी आज धर्म के आसन पर।।
कहाँ – कहाँ पर अमन बनाये सत्य अहिंसा का साया।
जगह-जगह हिंसा रहती है पहन अहिंसा की काया ।।
हर घर में रावण है कैसे रामराज्य तुम लाओगे,
उजड़े इस-----------------------------------------------

अन्न उगाने वाला भी एक दाने को मोहताज रहे।
मिलती नहीं दवाई रोगी घर में ही बेहाल रहे ।।
घर पर रहना शौक नहीं ये मजबूरी का आलम है।
हालत कैसे सुधरेगी ये महंगाई का मौसम है।।
भूख, गरीबी, महंगाई से किस तरहा लड़ पाओगे,
उजड़े इस-----------------------------------------------

नकल विरोधी कानूनों के इसी तरह पालन होंगे।
रिश्वत से सब नकल करेंगे पास धड़ाधड़ सब होंगे।।
हाल रहा गर ये ही यारों एक समय वह आयेगा।
सेठ पढ़ेगा स्कूलों में निर्धन घर में रोयेगा ।।
आने वाले दौर में बिन पैसे के तुम क्या पाओगे,
उजड़े इस -----------------------------------------------

ज्ञान, अध्ययन ढक जायेगा धन की काली छाया से ।
लोग खरीदेंगे डिग्री अफसर होगें धन माया से ।।
घूसखोर पद पर हैं तो ये आलम नहीं बदल सकता।
जब तक रिश्वत राज करेगी भारत नहीं सुधर सकता।।
इस दानव को आज देश से कैसे मार भगाओगे,
उजड़े इस ---------------------------------------------
बिगड़ गई हालत भारत की कैसे इसे सुधारोगे।
उजड़े इस वीरान चमन में कैसे फूल खिलाओगे।।

# हिम्मत

मंजिलें दूर भले हों मगर चलते रहना,
राह पर चन्द कदम चल के ठहरना ना जाना।

हार जायेगा अगर खुद से तो मिट जायेगा,
अपनी हिम्मत को अपने पास समेटे रखना ।

झूठ की गर्द है चालाकियों के जाल भी हैं,
इनको कदमों से अपने रौंद के आगे बढ़ना।

रोकने आयेंगे दुनिया के लाख दर्द तुझे,
बनाकर उनको दवाई उन्हें पीते रहना।

लोग कीचड़ से लबालब हैं इस जमाने में,
अपनी चादर को तू दागों से बचा के रखना।

चन्द सिक्कों में यहाँ लोग बहक जाते हैं,
इन बाजारों में तू ईमान बचाये रखना।

आज शब है तो शब के बाद सहर आयेगी,
थक के सोने से पहले आँख को खोले रखना ।

ख्वाब टूटेंगे ख्वाहिशें भी बिखरनी तय हैं,
वक्त की आँधियों में पांव जमाये रखना।

# कठपुतलियाँ

कठपुतलियों के जैसे लोग होने लगे हैं।
जैसे उन्हें चलाओ वैसे चलने लगे हैं।।

वो शख्स और थे जिन्हें वादों की कद्र थी।
अब लोग बात-बात पर मुकरने लगे हैं।।

पापों की बस्तियों को बसाने के बाद फिर।
कुछ लोग जाके गंगा में नहाने लगे हैं।।

खुद उम्र भर लकीर के फकीर बन गए।
वो पीढ़ियों की सोच को  बदलने लगे हैं।।

ईमान बेच- बेचकर खर्चे  चला रहे।
फिर कह रहे हैं अब तो दिन संवरने लगे हैं।।

मतलब को सादगी के इस तरह बदल दिया।
चालाकियों को लोग समझ कहने लगे हैं।।

वो वक्त अब चला गया जब शर्मो हया थी।
अब लफ़्ज़ भी मैदान में उतरने लगे हैं ।।

# बेटी

हे ईश्वर तुमको धन्यवाद , जो तुमने मुझे उपहार दिया।
मेरे सूने घर आंगन को, बेटी देकर वरदान दिया।।

उसके छोटे पग में घुंघरु, जीवन संगीत सुनाते हैं।
मैं आधा था अब पूर्ण हुआ, यह बात मुझे समझाते हैं।।

उसके मुखमण्डल की आभा, घर में प्रकाश भर देती है।
मेरे जीवन की हर चिन्ता, उसकी मुस्कान मिटाती है।।

उसका स्वच्छन्द सा चंचलपन, मन को प्रसन्न कर देता है।
सम्पूर्ण दिवस के आलस में,  नवजीवन सा भर देता है।।

पढ़ते-पढ़ते सहसा उसका, शिक्षक का रूप बदल लेना।
फिर उसका सबसे बुरा शिष्य, पड़ता है मुझको ही बनना।।

वह पाँच साल की छोटी सी, बच्ची है पर नादान नहीं ।
मेरे उर में है बसी हुई, इस बात से वह अंजान  नहीं ।।

बेटी तो बेटी होती है, उसका कोई भी मोल नहीं।
संसार की सारी धन दौलत, बेटी जैसी अनमोल नहीं।।

इसलिए पढ़ाओ इनको तुम, शिक्षित व सभ्य बना डालो।
यह नेक कार्य संपादित कर, फिर नव इतिहास बना डालो।।

# नवजीवन

उठ जाग बहुत सोया है तू, निद्रा को त्याग के आगे चल ।
जो ठहर गया तू इस क्षण में, खो देगा आने वाला पल।।

जो बीत गया है समय तेरा, उसका विलाप अनुचित होगा।
न तोड़ सका यह चक्रव्यूह, तो नव निर्माण नहीं होगा ।।

संभव है मेघ निराशा के, घिर जायें तुझ पर अकस्मात ।
एकत्रित कर शक्ति उन पर, हिम्मत का कर तू वज्रपात।।

विश्वास को अपना शस्त्र बना, धीरज के कवच को धारणकर।
कर पार भँवर संदेहों का, मस्तिष्क लक्ष्य पर केन्द्रित कर ।।

तू थका हुआ है मृतक नहीं, नव ऊर्जा संचारित कर लें।
जो अन्तरतम में टूटा है, उसको फिर नवनिर्मित कर ले।।

माना है रात्रि शेष अभी, फिर उदय सूर्य का होना है।
जो आज समस्या विकट हुई, कल समाधान भी होना है।।

नहीं जीवन के पछतावों में, अपना वर्चस्व मिटा देना।
यदि आशायें मर जायें तो, फिर उनको जीवित कर लेना।।

कुंठित मन की सीमाओं से, कर दूर हताशा के पहरे।
तू नवजीवन का द्योतक है, विकृत कर चिन्ता के चेहरे ।।

# फिर

बिखरके फिर सिमटना चाहता हूँ,
मैं खुद को खुद में पाना चाहता हूँ।

ये दुनिया तो रुलाने पर तुली है,
मगर मैं मुस्कुराना चाहता हूँ।

जिसे गिरना था वो गिर ही गया पर,
मैं उसको भी उठाना चाहता हूँ।

सभी ने दिल दुखाया है मेरा पर,
मैं सबको माफ करना चाहता हूँ।

जिसे अपने मिटाकर चल दिये हैं,
मैं फिर वो घर बनाना चाहता हूँ।

कोई उड़ने की ख्वाहिश अब नहीं है,
मैं पिंजरे में ही रहना चाहता हूँ।

बड़ी मुद्दत से घर खाली है फिर भी,
मैं कुंडी खटखटाना चाहता हूँ।

सजा मिल ही गई है गर मुझे तो,
मैं कोई जुर्म करना चाहता हूँ।

सभी की हो गई पहचान अब तो,
नये लोगों से मिलना चाहता हूँ।

# हौसला

तू हौसलों को ओढ़ करके जिन्दगी संवार ले।
तू हिम्मतों से आसमां जमीन पर उतार ले।।

है कौन सा पहाड़ जिसको तू फतह ना कर सका।
हैं कौन सी वो मुश्किलें जिन्हें तू जीत ना सका ।।
तू शिव का रौद्र रूप लेके शत्रुओं पे वार कर ।
तू कृष्ण के सुदर्शनों से पाप का विनाश कर ।।
तू खण्ड-खण्ड हो के भी स्वयं, स्वयं को जोड़ ले,
तू हिम्मतों से-------------------------------------

हवा सा वेग है तेरा तू मेघ सा विशाल है।
अधर्म के विनाश हेतू प्रज्ज्वलित मशाल है।।
तेरे कदम जहाँ पड़े वहीं पे जलजले उठे।
तू आँधियों के सामने निडर, अटल, अचल डटे।।
जो दिल में आग है उसे नजर में भी उतार ले,
तू हिम्मतों से-------------------------------------

तू रास्ते के पत्थरों को ठोकरों से तोड़ दे।
तू मुट्ठियों में कैद करके रुख हवा का मोड़ दे।।
सतत प्रवाह ही तेरे चरित्र का प्रमाण है।
तू हर थके हुए पथिक की आत्मा का प्राण है।।
तू खुद की आग में तपा के खुद को ही निखार ले,
तू हिम्मतों से-------------------------------------

# खामोशियों का शोर

खामोशियों में शोर सा महसूस हुआ है।
लगता है वो मेरी ही गली हो के गया है।।

उम्मीद से लबरेज चिरागों को जलाकर,
जलते हुए सीने में उन्हें छोड़ गया है।

कसमों को निभाने का उसे शौक नहीं था,
करके हजार वादे उन्हें तोड़ गया है।

जब वो ना रहेगा तो जिन्दगी ना रहेगी,
सीने में पल रहा ये भरम तोड़ गया है।

बहते हुए अश्कों को मेरे जुर्म बताकर,
जज्बात को पैरों के तले रौंद गया है।

वो रोज मुझे खाक बनाने के वास्ते,
हर आग को मेरी ही तरफ मोड़ गया है।

# दर्द

जो दर्द दिये हैं पीने दे।
जिन्दा हूँ अभी तो जीने दे।।

इस दिल को जो तूने जख्म दिये,
अब चैन से उनको सीने दे।

सदियों से जुदा सा फिरता हूँ,
थोड़ा सा तो खुद से मिलने दे।

तोड़ा ही गया हूँ हर लम्हा,
टुकड़ों को मेरे अब जुड़ने दे।

हँसता है मेरे अश्कों पे जहां,
अब और इन्हें ना बहने दे।

चाहत ना मिली नफरत ही सही,
मेरे नाम पे कुछ तो रहने दे।

जो तुझसे कभी मैं कह ना सका,
इक बार तो मुझको कहने दे।

# यादें

फिर मुझे तू बहुत याद आने लगा।
अश्क सूखे नहीं फिर रुलाने लगा ।।

जिन्दगी इम्तहां में फना हो गई,
इस कदर तू मुझे आजमाने लगा।

महफिलों में तेरी सब बुलाये गये,
तू वहाँ भी मुझे भूल जाने लगा।

करके रुसवा हमें फ़िर सरेआम तू ,
घर की बातें जहां को बताने लगा।

करके तन्हा मुझे उम्रभर के लिए,
रोज हस्ती मेरी तू मिटाने लगा ।

मेरी रूहों में बस तू ही मौजूद था,
फिर क्यूँ गैरों की महफिल सजाने लगा।

जब से दिल से तेरी रुखसतें हो गईं ,
हर कोई मेरे दिल को दुखाने लगा ।

# लापता रूह

जिस्म से रूह कहीं आज लापता सी है।
वो नहीं है तो मेरी जिन्दगी खफा सी है।।

लोग हँसने का हुनर मुझसे पूछते थे मगर,
आज पहचान मेरी मुझसे कुछ जुदा सी है।

इस कदर दिल ने मेरे गम की आदतें कर ली,
अब तो ये हाल है कि दर्द भी दवा सी है।

चंद लम्हों की मुलाकात भी क्या खूब रही,
मैंने समझा था के नेमत है पर खता सी है।

मेरे हमदर्द मेरी मौत का सामान बता,
बद्दुआ भी ये तेरी मुझको इक दुआ सी है।

एक लम्हे की खुशी उम्र भर चुकायी है,
जिन्दगानी भी मेरी आजकल सजा सी है।

# तन्हा

कोई दिल में है पर नजर में नहीं।
शब में रहता है पर सहर में नहीं।।

आदमी हर जगह पे काबिज है,
एक इंसां भरे शहर में नहीं।

भीड़ से भर गया जहां लेकिन ,
कोई रहता मेरे बसर में नहीं।

जितनी बेचैनियाँ हैं यादों में,
दर्द उतना किसी जहर में नहीं।

जिनपे रहते हों बहारों के समा,
ऐसी शाखें मेरे शजर में नहीं।

# रूह का सफर

जिस्म से दूर चला करता हूँ।
सिर्फ रूहों का सफर करता हूँ।।

कितने भी शोख नजारे हों मगर,
आँख रस्ते पे रखा करता हूँ।

मुझको रातों से डर नहीं लगता,
पास सूरज के रहा करता हूँ।

क्या डुबोयेगा समन्दर मुझको,
रोज लहरों पे चला करता हूँ।

मुझको दुनिया की जरूरत क्या है,
मैं भी इक दोस्त रखा करता हूँ।

सर पे अब छत की ख्वाहिशें ही नहीं,
अपने अन्दर ही रहा करता हूँ।

# अधूरा ख्वाब

मिल ना पायेंगे तो भी क्या गम है।
बात होती है ये भी क्या कम है।।

इक मुलाकात का तेरी मुझको ।
एक पल मिल गया तो क्या कम है।।

किसको मिलता है मुकम्मल तू भला,
तू अधूरा भी है तो क्या गम है।

पास मेरे नहीं है आज मगर,
तू कहीं पर है ये भी क्या कम है।

इससे पहले कि उम्र बोझ बने,
एक दिन जी लिए तो क्या कम है।

भर ही जायेंगे जख्म-ए-रूह मेरे,
दर्द तेरा दवा से क्या कम है।

# शहर – ए – अश्क

सुर्ख आँखों में आंसुओं का शहर रहता है।
आजकल जाने मुझे कौन सा गम रहता है।।

लोग दो-चार कदम चलके बिछड़ जाते हैं,
मेरे जैसों के साथ कौन सफर करता है।

मेरे जख्मों मेरे सीने को यूँ छलनी ना करो,
भूल जाते हो क्यूँ दिल में भी कोई रहता है।

घाव रिसते हैं मगर फिर भी छिपाने होंगे,
हर कोई शख्स नमक साथ लिये रहता है।

क्या खबर कब ये धड़कनों से जुदा हो जाये,
आजकल दिल ये मेरे वश में नहीं रहता है।

आज जब जान पे बन आयी तो महसूस हुआ,
आदमी इश्क में बीमार बना रहता है।

# भौर का भूला

लौट आ भौर के भूले राही,
देख फिर सांझ ढलने वाली हैं।
रोज दहलीज बुलाती है तुझे,
घर में सब कुछ है फिर भी खाली है।
लौट आ----------------------------------------

कौन कहता है तुझे भूल गये,
तेरे आने का सब्र जिन्दा है।
कौन जंजीर रोकती है तुझे,
कौन सी बात पे शर्मिन्दा है।
इतने आँसू बहा दिये हमने,
आँख भी खुश्क होने वाली है।
लौट आ----------------------------------------

तेरी अठखेलियों में हँसता हुआ,
याद है सबको बचपना तेरा।
रोज आता है चाँद भी छत पर,
सबसे है पूछता पता तेरा।
लौट आये हैं सभी घर को मगर,
सिर्फ तेरी ही जगह खाली है।
लौट आ----------------------------------------

ये अलग बात है के रो ना सके,
पर तेरा दर्द बहुत रहता है।
रोज सोते हैं खुश्क आँखों से,
रोज बिस्तर भी भीगा रहता है।
लौट आ अब तो मेरे लख्त-ए-जिगर,
आखिरी साँस जाने वाली है।
लौट आ----------------------------------------

# घर

मैं सदियों में लिपटा हुआ एक घर हूँ।
मैं जैसा भी हूँ एक छोटा सा घर हूँ।।
तुम्हारी प्रतीक्षा को करता हुआ सा ।
झरोखों से पद चाप सुनता हुआ सा।।
कभी मैं विलापों में लिपटा हुआ हूँ।
कभी खिलखिलाहट में सजता हुआ हूँ।।
मैं बसता उजड़ता सा खामोश घर हूँ,
मैं जैसा भी हूँ ------------------------------------

कदम अपने अन्दर को रखने से पहले।
मुझे फिर गले से लगाने से पहले।।
घृणित मैल को मन के धोकर ही आना।
जलन सीढ़ियों पर गिराकर ही आना।।
मैं ये आस करता हुआ शांत घर हूँ,
मैं जैसा भी हूँ ------------------------------------

तुम्हारे वो गमले अभी तक रखे हैं।
बिना जल के पौधों में सूखे तने हैं।।
सभी बन्द कमरों में ताला लगा है।
टपकती हुई छत में जाला लगा है।।
बड़ी दुर्दशा है मगर फिर भी घर हूँ,
मैं जैसा भी हूँ ------------------------------------

अभी बन्द खिड़की पे परदा पड़ा है।
झरोखों के अन्दर अँधेरा बड़ा है।।
तुम आये हो तो ये अंधेरे मिटा दो।
मेरे नाम का कोई सूरज उगा दो।।
मैं इक रोशनी को तरसता सा घर हूं,
मैं जैसा भी हूँ --------------------------------

# बिखरते रिश्ते

हे प्रिय ! अकारण तो कोई, अपनों से दूर नहीं होता।
क्या कोई मुझसे अधिक प्रेम, तुमको संसार में है करता।।

क्या इस सृष्टि में कोई तुम्हें, मुझसे भी अधिक समझता है।
क्या सिर्फ तुम्हारे सपनों पर, अपना सर्वस्व लुटाता है।।

क्या ज्येष्ठ मास की धूपों में, कोई छाया बन जाता है।
जब तुम थककर सो जाती हो, क्या कोई सिर सहलाता है।।

क्या जीवन पथ पर साथ कोई, हर समय तुम्हारे रहता है।
क्या कोई अपने नयनों से, पथ के कंटक हर लेता है।।

क्या मेरे इस अन्तर्मन में, तुम खुद को देख नहीं पाती।
क्या मेरे इन दो नयनों में, अपना प्रतिबिम्ब नहीं पातीं।।

यदि मुझसे कोई पाप हुआ, तो क्षमा मुझे कर देना था।
यदि तुमसे कोई भूल हुई, नतमस्तक तुमको होना था।।

तुम अपना अहम नहीं भूलीं, मैंने भी वहम नहीं त्यागा।
इन अहम वहम के युद्धों में, टूटा है रिश्तों का धागा।।

अब इस जीवन के अंतर्गत, नहीं पुनर्मिलन सम्भव होगा।
यदि चाहो मेरा साथ प्रिय, तो पुन: जन्म लेना होगा।।

# कृष्णा

जरूरत आ पड़ी है आपकी अब लौट भी आओ।
मिटाने पाप को हे कृष्ण अब धरती पे आ जाओ।।
भले ही बाँसुरी को तुम वहीं राधा को दे आना।
सुदर्शन चक्र को हर हाल में तुम साथ ही लाना।।
बढ़ा है जुल्म धरती पर इसे आकर मिटा जाओ,
मिटाने पाप को-------------------------------------

दुशासन घात में बैठा है फिर से चीर हरने को।
तुम्हारी द्रोपदी मजबूर है अब प्राण देने को।।
बढ़ा दो चीर या फिर चीरहरता को मिटा जाओ,
मिटाने पाप को-------------------------------------

दुखी माँ - बाप अपने दर्द से रोते-बिलखते हैं।
हजारों कंस अपने बाप को बेड़ी में रखते हैं।।
चलो फिर देवकी, वसुदेव को आजाद कर जाओ,
मिटाने पाप को-------------------------------------

यहाँ कुछ लोग अपनी शर्म को फिर बेच बैठे हैं।
कई शिशुपाल अपने आचरण को भूल बैठे हैं।।
सुदर्शन चक्र से फिर गर्दनें इनकी उड़ा जाओ,
मिटाने पाप को-------------------------------------

# क्यूँ

बेवफाओं पे रो रहे हो क्यूँ।
यूँ परेशान हो रहे हो क्यूँ ।।
सामने और भी है राह-ए-गुजर,
एक रस्ते पर चल रहे हो क्यूँ ।
खास हो तुम भी किसी दिल के लिए ,
इस भुलावे में जी रहे हो क्यूँ ।
जब तुम्हें इल्म है के क्या हो तुम,
अपने ओहदे से गिर रहे हो क्यूँ।
रोज जख्मों की नुमाइश करके,
अपनी कीमत गिरा रहे हो क्यूँ।
आखिरी रास्ता भी बन्द हुआ ,
फिर भी आँखें बिछा रहे हो क्यूँ।
थक के जब सो गये चिराग सभी,
रात भर दिल जला रहे क्यूँ।
जिनको तुम याद भी नहीं आते,
उनको तुम याद कर रहे हो क्यूँ।
जश्न है, महफिलें हैं, दोस्त भी हैं,
फिर भी तन्हा से रह रहे हो क्यूँ।
जिन्दगी है तो जिन्दा रह के जियो,
रोज मर –मर के जी रहे हो क्यूँ ।

# ख्वाहिश

भूल जाता हूँ मैं हँसना मुझे हंसाया कर।
रोज आती है तेरी याद तू भी आया कर॥

बड़े वीरान से मंजर का समां रहता है,
कोई लम्हा मेरी गलियों से गुजर जाया कर।

सुना है नूर से तेरे ये जहाँ रोशन है,
मेरे दिल में भी कभी रोशनी जलाया कर।

बिखर गया हूँ मैं इतना के सिमटता ही नहीं,
कभी तो आके मेरे टुकड़े जोड़ जाया कर।

शौक उड़ने का अगर है तो उड़ो खूब मगर,
शाम ढलते ही अपने घर को लौट आया कर।

अब तुझे मेरी जुस्तजू नहीं रही शायद,
बेवजह यूँ ही मेरा सब्र आजमाया कर।

# गरज

रूके कदमों की खातिर कोई मंजिल कब ठहरती है।
गिरी शाखों से तो परछाई भी बच के गुजरती है।।

गरज ना हो तो रिश्ते आजकल दम तोड़ देते हैं,
जरूरत में ही रिश्तों की फिकर भरपूर रहती है।

वो जिसका दौर है उस दौर में महफूज है लेकिन,
बिगड़ते वक्त में हर एक शह उसको परखती है।

जमीं पे रोशनी की बारिशे यूं ही नहीं होतीं,
कभी पूछो सहर से किस तरह रातों से लड़ती है।

जरूरी तो नहीं हर इक दुआ मंजूर हो जाये,
खुदा की पाक रहमत काफिरों पे कब बरसती है।

किसे महसूस होता है कि रोता आसमां भी है,
फकत पानी की बूंदें ही जमीं पे कब बरसती हैं।

# दर-बदर

हर किसी शख्स से मैं जुदा हो गया।
जब से तेरा हुआ बस तेरा रह गया।।

ना फरिश्ता बना ना ही शैतां बना,
आदमी था फकत आदमी रह गया।

मैंने खुद को बुलाया बहुत था मगर,
तेरी खातिर में खुद से जुदा रह गया।

आखिरी बार बिछड़े थे हम जिस जगह,
उम्रभर वो जगह ढूँढता रह गया।

इस तरह तेरे दिल से निकाला गया,
कोई घर ना मिला दरबदर रह गया।

बेवफा तू हुआ आग मुझमें लगी,
जल गया दिल मेरा बस धुंआ रह गया।

मुझको मंजिल ने कितना तलाशा मगर,
मैं तेरी ठोकरों में पड़ा रह गया।

# विरहाग्नि

प्रतीक्षारत नैनों से आज,  बह रही नर्म अश्रु की धार।
रक्तरंजित था हुआ हृदय, और थी विकट विरह की मार।।

झुलसती ज्येष्ठ मास की धूप, जहाँ तक देखो पथ था रिक्त।
पथिक मन में कुछ शेष नहीं, मिलन की इच्छा के अतिरिक्त।।

मुक्त होकर इच्छा के अश्व, हुए मृगतृष्णा के वशीभूत।
हृदय में लिए मिलन की आस, चल पड़े प्रेमाग्नि के दूत।।

अभी कुछ दूरी पर सहसा, मुझे वन कुंजों ने रोका।
पवन में मिश्रित पुष्पों की, सुगंधों ने मुझको टोका।।

खड़े पगडंडी पर शाखी, दे रहे थे मुझको संकेत।
गिराकर अपनी पंखुड़ियाँ,  किया मुझको अत्यन्त सचेत।।

नदी की बहती धारा ने, पदों में लिपट दिया संदेश।
लौट जा ओ भटके राही,  नहीं जाना प्रियतम के देश।।

कहाँ तक अन्तर्मन मेरा, भार संदेहों का सहता।
अंततः रुका देख तरू छाँव,  धूप में कब तक यूँ जलता।।

गूढ़ चिन्तन में आँखें मूंद, स्वयं के अन्दर किया प्रवेश।
जल उठी अंतः ज्ञानाग्नि, प्रकाशित हुआ आत्मपरिवेश।।

किसी ने दी मुझको आवाज, तभी निद्रा का हुआ विराम।
खुल गईं अलसायी आँखें, स्वप्न का हुआ वहीं विश्राम।।

अन्त में सत्य किया स्वीकार, हृदय को धीरज प्राप्त हुआ।
मुझे जो त्याग गया छल से, उसे मैंने भी त्याग दिया।।

विरह की घृणित डंकिनी आज, हार बैठी अपना सर्वश्व।
आत्मबल विजयी हुआ मेरा, सुरक्षित रहा मेरा वर्चस्व।।

मात्र आँसू की धारा में, एक जीवन का बह जाना।
कदापि उचित नहीं होगा, विरह में जलकर मर जाना।।

हुई है प्रातः एक नवीन, नया प्रारम्भ पुनः होगा।
पूर्व चिरनिद्रा के मुझको, लुप्त जीवन पाना होगा।।

# नई दुनिया

चलो फिर सिलसिला कोई चलायें।
रुकी चीजों को फिर आगे बढ़ायें।।

उजड़ते वक्त जो कुछ रह गया था,
उसी से फिर नई दुनियाँ बसायें।

हमें जो कुछ विरासत में मिला है,
उसे हर हाल में बेहतर बनायें।

कहाँ तक बारिशों की राह देखें,
चलो अब दश्त में दरिया बहायें।

अगर तकदीर पे सबको यकीं है,
मुकद्दर क्यूँ ना हम भी आजमायें।

अदावत उम्र भर अच्छी नहीं है,
चलो अब दुश्मनी को भूल जायें।

नई बीमारियों का दौर है अब,
कोई नुस्खा पुराना आजमायें।

# फलसफा – ए – इश्क

देखने भर के लिए मरता है।
इस तरह कौन इश्क करता है।।

अब कोई ताज तो बनने से रहा,
जान से क्यूं मजाक करता है।

खाक है अब ये गुलिस्ता ए वफा,
राख पे क्या मलाल करता है।

कौन ठहरा था आँसुओं पे तेरे,
तू भी क्यों इन्तजार करता है।

अपने अन्दर की गर्दिशों से निकल,
रंज में कौन रहा करता है।

लोग जिस्मों की बात सुनते हैं।
रूह की कौन सुना करता है।

# बददुआ

मुझको हर रोज बद्दुवाएँ दे रहा है कोई।
मेरे मरने का इन्तजार कर रहा है कोई।।

मैंने थोड़ी सी जिन्दगी क्या मांग ली रब से,
मेरी साँसों को तार - तार कर रहा है कोई।

क्या अदावत है खुलासा भी नहीं करता है,
दुश्मनी यूँ ही लगातार कर रहा है कोई।

मुझको धोखे से तबाही के हवाले करके,
मेरे गिरते हुए अश्कों पे हँस रहा है कोई।

हर घड़ी मेरी कयामत की आरजू को लिए,
मेरी मैयत का तलबगार हो रहा है कोई।

मेरी रुखसत के बाद मेरी वसीयत पढ़कर,
आज रो-रोके बुरा हाल कर रहा है कोई।

# नौकरी

जरा सी नौकरी के वास्ते सब छोड़ जाते हैं।
घरों में खाँसते माँ-बाप मिलने को तरसते हैं।।

ये दहलीजें ये चौबारे हुए महरूम रौनक से,
हजारों बन्द कमरे जिन्दगी की राह तकते हैं।

कोई राहत नहीं जलती हुई रातों के पहरों में,
गुलों की शाख पे जख्मी परिन्दे फड़फड़ाते हैं।

जिन्होंने खून देकर अपनी औलादों को पाला था,
वही बच्चे उन्हें घर बेसहारा छोड़ जाते हैं।

वही दुनिया, वही सूरज, वही हैं चाँद तारे सब,
मगर माँ-बाप की आँखों के तारे डूब जाते हैं।

जो अपने सर परस्तों को घरों में कैद कर आये,
वो बच्चे शान से आजादियों की बात करते है।

निजातें क्यों नहीं मिलती हैं बेहूदा रिवाजों से,
इसी के वास्ते क्या लोग बच्चों को पढ़ाते हैं।

# विश्वासघात

अपनेपन में स्वार्थ जहर जैसा होता है।
रिश्तों में विश्वासघात अनुचित होता है।।

यदि कोई सर्वस्व बना लेता है तुमको ।
अधिक स्वयं से प्रेम यदि करता है तुमको।।
उसको छलना घोर पापदायक होता है,

श्रद्धा से सब हृदय विश्व में जुड़े हुए हैं।
सम्बन्धों के भवन इसी पर खड़े हुए हैं।।
ईश्वर भी विश्वास बिना पत्थर होता है,

मुँह से निकला शब्द तीर के जैसा होगा।
प्रेम बिना विश्वास शूल के जैसा होगा।।
वाणी का आघात कष्टदायक होता है,

लालच में सम्बन्ध तोड़ करके मत जाना।
रिश्तों के अनमोल खजाने को मत खोना।।
छोड़ दिया जो तीर नहीं वापिस होता है,

# प्रलय की हार

अम्बर में काले बादल की, सेना चढ़-चढ़कर आती थी।
घन बीच दहाड़ें बिजली की, धरती को दहला जाती थीं ।।

भगवान इन्द्र का रौद्र रूप, पहले ऐसा न देखा था।
जाती थी दृष्टि जहाँ-जहाँ, सबकुछ पानी में डूबा था।।

मानों सागर खुद उठ-उठकर, वर्षा में ढल के बरस रहे।
घरबार, खेत-खलिहान, जीव, सब प्रलय भंवर में डूब रहे।।

टीले पर बनी कुटी में से, इक बालक चीखें भरता था।
उसकी माँ ज्वर से पीड़ित थी, और पानी चढ़ता जाता था।।

पिंजरे में पंछी की भांति, वो तड़प-तड़पकर चीख रहा।
उसकी छोटी सी आँखों में, आँसू का सागर उफन रहा ।।

बेचैनी में वो बार-बार, माँ के माथे को सहलाता।
क्या करे मुसीबत में ऐसी, उसको कुछ समझ नहीं आता।।

जो बूँदें ठण्डक देती थीं, वो आज जलाती थीं तन को।
जो सावन खुशियाँ लाता था, उसने ही किया दुखी मन को।।

वो सोच रहा क्या कर पाया, उस माँ का जिसने जन्म दिया।
क्या इसीलिए माँ ने उसको, पालन-पोषण कर बड़ा किया।।

सहसा कोने में ईश्वर की, मूरत पर उसका ध्यान गया।
उसके आगे हो नतमस्तक, होठों से उसके निकल पड़ा।।

भगवान है तू सारे जग का, तो फिर क्यों इतना कुटिल हुआ।
जिस मानवता को जन्म दिया, उसके प्रति क्यों अन्जान हुआ ।।

कैसे जननी के प्राण बचें, ये सोच लिए अंतर्मन में।
करके नेत्रों को बन्द वहीं, वो बैठ गया अति चिन्तन में।।

वो सात साल का वीर पुत्र, घन घोर तपस्या कर बैठा।
माता को वापिस लाने की, वो ईश्वर से जिद कर बैठा ।।

कहते हैं राह साधना की, दुर्गम और मुश्किल होती है।
संसार में सच्चे भक्तों की, हर बार परीक्षा होती है।।

मिटटी की फटी दरारों से, फिर इक बिच्छू बाहर आया।
धीरे-धीरे चलता-चलता, बालक के निकट सरक आया।।

उस छोटे से कोमल तन में, विष भरे डंक ने छिद्र किया।
उस वीर पुत्र ने बिना हिले, उस तीव्र कष्ट को सहन किया।

वो बार-बार करता प्रहार, पर बालक बिल्कुल डरा नहीं।
जो कष्ट सहा उसने उस क्षण, उसके संकल्प से बड़ा नहीं ।।

जैसे-जैसे बिच्छू का विष, बालक में चढ़ता जाता था।
उस महा प्रलय का जलस्तर, नीचे को गिरता जाता था ।।

हो गया लहू से लाल मगर, जो की थी प्रतिज्ञा ना तोड़ी।
माता के प्राण बचाने की, उम्मीद अन्त तक ना छोड़ी ।।

छोटा सा कोमल बालक था, आखिर कष्टों से टूट गया।
हाथों को जोड़े-जोड़े ही, मूरत के आगे ढेर हुआ।।

सहसा झटके से आँख खुली, बेहोश पड़ी माँ जाग गई।
बारिश की बूँदें ठहर गईं , निर्दयी प्रलय की हार हुई।

ज्योंही उस माता की दृष्टि, अपने बच्चे की ओर गई।
फट गया कलेजा पीड़ा से, इक आह हृदय से निकल गई।।

इक पल न लगा माँ के दिल को, जो घटित हुआ था जान गया।
सारी घटना का एक चित्र, उसकी आँखों में उभर गया ।।

आँखों से आँसू छलक पड़े, मुख से लाखों सिसकी निकलीं ।
पहुंची बेटे के पास गोद में, रखकर उसका सिर बोली।।

हे लाल मेरे! अन्जाने में, ये क्या तूने कर डाला है।
तेरे बदले जीवित होकर, मृत्यु से बद्तर जीना है।।

हे पुत्र! तेरे बिन सारा जग, हर क्षण सूना - सूना होगा।
जब तू ही नहीं रहेगा तो, दुनिया में कौन सगा होगा ।।।

सुनकर उस माता की पीड़ा, यम की आँखें भी भीग गईं।
उस मृतक पुत्र के सीने में, जीवन की धारा फूट गई ।।

वह जाग गया चिर निद्रा से, होठों से माता निकल पड़ा।
बेटे को वापिस पाकर माँ का, दिल खुशियों से उछल पड़ा।।

वे पाकर एक-दूसरे को, सारे कष्टों को भूल गये ।
जो रात अमावस थी अब तक, उसमें उजियारे फैल गये ।।

# जफा

ये तो सोचा न था, तुम बदल जाओगे।
छोड़ करके हमें, यूं चले जाओगे ।।
खायी थी जो कसम, क्यों निभायी नहीं।
इस जफा की वजह, क्यों बतायी नहीं।।
फेर कर यूं नजर, गैर बन जाओगे,
ये तो-------------------------------------------

पीछे मुड़कर कभी, तुमने देखा नहीं।
कोई रोयेगा भी, तुमने सोचा नहीं ।।
इस तरह आँख को, अश्क दे जाओगे,
ये तो-------------------------------------------

आज भी ये यकीं, दिल को आता नहीं।
तुम कहीं और हो, ऐसा लगता नहीं।।
दो कदम भी नहीं, साथ चल पाओगे,
ये तो सोचा न था, तुम बदल जाओगे।
छोड़करके हमें, यूँ चले जाओगे ।।

# अंधेरे

रोशनी ने तो लाखों को धोखे दिये,
अब अंधेरों को अपना बना लीजिये।
क्यों दिखाते हो लोगों को जख्मे जिगर,
इनको सीने में अपने छिपा लीजिये।।
ख्वाहिशों के समन्दर हैं गहरे बहुत,
डूबकर इनमें कोई निकल ना सका,
जो भी तकदीर से तुमको हासिल हुआ,
जिन्दगी में उसी को सजा लीजिये।
क्यों दिखाते हो-------------------------------------------

देखकर आसमां पर सितारे हंसी,
उनको पाने की उम्मीद बेकार है,
फूल सबको जमाने में मिलते नहीं,
दोशती अपनी काँटों से कर लीजिये।
क्यों दिखाते हो-------------------------------------------

दर्द के साथ रिश्ते किये हैं अगर,
आँख में अश्क आने से डरते हो क्यों,
उनका दामन तो शायद मिलेगा नहीं,
घर के कोने में छिपकरके रो लीजिये।
क्यों दिखाते हो-------------------------------------------

रात-दिन उनके बारे में सोचा बहुत,

हारकर दिल ने मुझसे यही कह दिया,

जिन्दगी ना मिली तो कोई गम नहीं,

मौत को ही गले से लगा लीजिये।

क्यों दिखाते हो---------------------------------------------

रोशनी ने तो लाखों को धोखे दिये,

अब अंधेरों को अपना बना लीजिये।

क्यों दिखाते हो लोगों को जख्मे जिगर,

इनको सीने में अपने छिपा लीजिये।।

# वो

हम जिनके लिये अपनी, हर साँस को लेते हैं।
वो जान के भी हमसे, अन्जान से रहते हैं।।
कितने ही हसीं सावन, आँखों से बहाये हैं।।
दिनरात सभी अपने, रो-रोके बिताये हैं।।
हम जिनके लिये अपनी, आंखों को भिगोते हैं,
वो जान के---------------------------------------------

ख्वाबों को सजाते हैं, यादों के बसेरे में।
घर से चल पड़ते हैं, घनघोर अंधेरे में ।।
हम जिनके लिये ऐसे, पागलपन करते हैं,
वो जान के---------------------------------------------

हर वक्त न जाने क्यों, इक आस सी रहती है।
हर बार नजर घर की, दहलीज पे जाती है।।
हम जिनके लिये आँखे, खिड़की पे लगाते हैं,
वो जान के---------------------------------------------

चौखट से खुदा की हम, माथे को लगा करके ।
करते हैं दुआ हर दिन, हाथों को उठा करके ।।
हम जिनके लिये ये सर, सजदे में झुकाते हैं,
वो जान के---------------------------------------------

हम जिनके लिये अपनी, हर साँस को लेते हैं।
वो जान के भी हमसे, अन्जान से रहते हैं।।

# हसीन लफ्ज

मिलें जो लफ्ज हसीं, उनका शुक्रिया कह दूँ।
कभी जो कह ना सका, आज वो ही बात कह दूँ।।
शमां भी खूब है ये, महफिलें भी रंगीं हैं,
अगर जो साज मिले, कोई मैं गजल कह दूँ।
कभी जो ---------------------------------------------
अगर जो पल के लिये, मुझको ये खुदाई मिले,
नाम उनके मैं जमीं, और आसमां कर दूँ।
कभी जो ---------------------------------------------
कहाँ से लाऊँ भला, उस हसीन रूह का नाम,
खफा ना हो जो खुदा, उनको मैं खुदा कह दूँ।
कभी जो ---------------------------------------------
न जाने कैसा नशा, आज मुझपे हावी है।
मु-आफ करना अगर, कोई मैं खता कर दूँ।
कभी जो ---------------------------------------------
मिलें जो लफ्ज हसीं, उनका शुक्रिया कह दूँ।
कभी जो कह ना सका, आज वो ही बात कह दूँ।।

# दासतां

प्यार की भूली हुई फिर, दासतां याद आ गई।
देखकर उनको हमें फिर, जिन्दगी याद आ गई ।।
वो सड़क वो रास्ते वो, बाग के पेड़ों की छाँव,
हम जहाँ पर भी मिले थे, हर जगह याद आ गई।
देखकर-----------------------------------------------
मुद्दतों तक जिन्दगानी से खुशी गायब रही,
इस तरह वो पास आये, हर खुशी पास आ गई।
देखकर-----------------------------------------------
ढूंढते थे हम न जाने, चीज़ क्या शामों-सहर,
उनकी दस्तक से तलाशें, मंजिलों को पा गई।
देखकर-----------------------------------------------
वो नजर थी या कि लाखों, बिजलियों की दस्तकें,
चाँद भी शरमा गया यूँ, रोशनी बरसा गई।
देखकर-----------------------------------------------
एक-दूजे से दिलों का, हाल कहने के लिये,
चांदतारों से लिपटकर, फिर वही रात आ गई।
देखकर-----------------------------------------------
प्यार की भूली हुई फिर, दासतां याद आ गई।
देखकर उनको हमें फिर, जिन्दगी याद आ गई ।।

# एहसास

मैं रहूँ के ना रहूं पर, एहसास मेरा होगा।
तुम जिस जगह रहोगे, मेरा प्यार साथ होगा ।।
दिल में मुझे बसा लो , या भूल जाओ मुझको ।
संग ले चलो मुझे तुम, या छोड़ जाओ मुझको ।।
जब याद तुम करोगे, मेरा साया साथ होगा,
तुम जिस जगह-----------------------------

जिस मोड़ पर जहां के, तुम छोड़कर गये थे।
मैं आज भी वहीं हूँ, हम जिस जगह मिले थे।।
मरके भी इस नजर को, तेरा इन्तजार होगा
तुम जिस जगह-----------------------------

सारी उमर को मैंने, रोकर बिता दिया है।
कसमों को मैंने अपनी, फिर भी निभा दिया है।।
हर एक अश्क मेरा, इसका गवाह होगा,
तुम जिस जगह-----------------------------

मैं रहूं के ना रहूं पर, एहसास मेरा होगा।
तुम जिस जगह रहोगे, मेरा प्यार साथ होगा ।।

# आज

आज जिंदा हूँ खबर क्या मैं कल रहूँ के नहीं।
क्या पता रोज की तरह ही सुबह हो के नहीं।।
सामने बैठ जरा देख लू जी भर के तुझे,
क्या खबर फिर ये मुलाकात कभी हो के नहीं।
क्या पता-----------------------------------------
आ मेरे पास तेरी मांग में तारे भर दूँ,
क्या पता फिर ये हंसी रात सजेगी के नहीं।
क्या पता-----------------------------------------
सोचता हूँ की तेरे दर्द को अपना कह दूँ,
क्या पता फिर ये जुबां लफ्ज कहेगी के नहीं।
क्या पता-----------------------------------------
आ तेरी गोद में सिर रखके जरा रो लूँ मैं,
क्या खबर फिर ये तेरा साथ कभी हो के नहीं।
क्या पता-----------------------------------------
आज जिंदा हूँ खबर क्या मैं कल रहूँ के नहीं।
क्या पता रोज की तरह ही सुबह हो के नहीं।।

# तमन्ना

आज फिर उसकी तमन्ना कर ली।
हँसते चेहरे पे उदासी कर ली।।
याद कर - करके सुबह शाम उसे,
मैंने हर साँस तड़प से भर ली।
हँसते ------------------------------------
मैं कहीं हूं मुझे नहीं लगता,
इस कदर अपनी तबाही कर ली।
हँसते ------------------------------------
अश्क में डूब-डूबकर मैंने,
जिन्दगी मौत से बद्तर कर ली।
हँसते ------------------------------------
जाके ए फूल उसे महका दे,
मैंने काँटों से दोश्ती कर ली।
हँसते ------------------------------------
सारी दुनिया उसी की हो जाये,
मैंने तनहाई की आदत कर ली।
हँसते ------------------------------------
आज फिर उसकी तमन्ना कर ली।
हँसते चेहरे पे उदासी कर ली।।

# हँसते अश्क

याद में रो-रोके उनकी, मुस्कुरा देना मेरा।
देखकर लगता है सबको, दिल दिवाना है मेरा ।।
हर खुशी हर एक ख्वाइश, अब मेरी बेजान है।
आज मैं कुछ भी नहीं बस, ये मेरी पहचान है।।
खुद सुलगकर उनके घर में, रोशनी करना मेरा,
देखकर -----------------------------------------------
आँख से अब आँसुओं की, बारिशें रुकती नहीं।
बिस्तरों पर करवटों की, सिलवटें मिटती नहीं ।।
रातभर बेचैन होकर, बैठना-उठना मेरा,
देखकर -----------------------------------------------
क्यों कोई चाहे मुझे मैं, एक गुजरा वक्त हूँ।
भूल जाता हूँ के मैं भी, कोई जिन्दा शख्स हूँ।।
दर्द को मुस्कान के पीछे, छिपा लेना मेरा,
देखकर -----------------------------------------------
कोई पागल बोलता है, कोई बैरागी मुझे।
असलियत में कौन हूँ मैं, कोई बतलाये मुझे ।।
भूल के घर को मेरे आगे गुजर जाना मेरा,
देखकर -----------------------------------------------
याद में रो-रोके उनकी, मुस्कुरा देना मेरा।
देखकर लगता है सबको, दिल दिवाना है मेरा ।।

# गम

जब कोई गम मुझे रुलाता है।
मुझको तेरा ख्याल आता है।।
जब मैं रोया तो कौन रोया था।
कौन था जिसने चैन खोया था ।।
जब कोई ये सवाल करता है,
मुझको-----------------------------------
जीतकर भी वो हार जाते हैं।
जिनकी किस्मत में रंज होते हैं।।
जब कोई दर्द सर उठाता है,
मुझको-----------------------------------
तेज तूफान के नजारे हैं।
ना तो साहिल है ना किनारे हैं।।
जब ये मंजर मुझे डराता है,
मुझको-----------------------------------
जब कोई गम मुझे रुलाता है।
मुझको तेरा ख्याल आता है।।

# मेरा भारत

तस्वीर मेरे भारत की, सुन्दर हो और निराली हो।
होठों पे खुशी के नगमें, और खेतों में हरियाली हो ।।
भगवान बसें हर दिल में, हों धर्म की जय-जयकारें।
रोको मत बह जाने दो, हर ओर प्रेम की धारें ।।
संसार के हर कोने में, भारत की यही निशानी हो,
तस्वीर-----------------------------------------------
श्रद्धा और ज्ञान किरण से, उज्ज्वल हों दिन और रातें।
विष को फिर अमृत कर दें, ये भक्ति की बरसातें ।।
हर औरत इस भारत की, मीरा जैसी दीवानी हो,
तस्वीर-----------------------------------------------
चैन और अमन के साये, जिस जगह रहा करते हैं।
मेरा देश वही बन जाये, जिसे स्वर्ग कहा करते हैं।।
भगवान मेरे भारत में, हर एक जगह खुशहाली हो,
तस्वीर मेरे भारत की, सुन्दर हो और निराली हो।
होठों पे खुशी के नगमें, और खेतों में हरियाली हो।।

# तलाश

दो कदम जो मैं चल सकूँ, उसी रह गुजर की तलाश है।
हाथ से जो फिसल गई, उसी जिन्दगी की तलाश है।।
दर्द में डूबे हुए हैं, पर बता सकते नहीं।
आँख में आँसू भरे है, पर दिखा सकते नहीं ।।
जिस जगह पे मैं रो सकूँ, मुझे उस जगह की तलाश है,
हाथ से -------------------------------------------------
क्या हँसें क्या मुस्कुरायें, रंज के आवाम में।
मिल नहीं सकती खुशी, इस दर्द के बाजार में।
हो जहाँ खुशियों के पल, मुझे उस फिजां की तलाश है,
हाथ से -------------------------------------------------
छोड़कर वो चल दिये, हम रोक ना पाये उन्हें।
कोशिशें कर लीं बहुत, पर भूल ना पाये उन्हें ।।
दो घड़ी जहाँ हो सुकूँ , मुझे उस जहां की तलाश है,
हाथ से -------------------------------------------------
दो कदम जो मैं चल सकूँ, उसी रहगुजर की तलाश है।
हाथ से जो फिसल गई, उसी जिन्दगी की तलाश है।।

# रुखसत

**एक टूटा** हुआ सपना, एक फरियाद लिए ।
चल दिया मैं तेरी दुनिया से तेरी याद लिए।।
कर लिए कैद तेरे प्यार के पल सीने में।
काम आयेंगे सदा अब ये मेरे जीने में ।।
इक नजर एक मुलाकात का एहसास लिए।
चल दिया------------------------------------
तेरी यादों में तड़पते हैं बिखर जाते हैं।
अश्क आँखों में छलकते हैं ठहर जाते हैं।।
दर्द का एक उमड़ता हुआ सैलाब लिए,
चल दिया------------------------------------
मेरे चेहरे की ये मुस्कान ये होठों की हँसी।
खो गई जाने कहाँ मेरे मुकद्दर से खुशी ।।
साथ में अपने लिए मौत का सामान लिए,
चल दिया------------------------------------
एक टूटा हुआ सपना एक फरियाद लिए।
चल दिया मैं तेरी दुनिया से तेरी याद लिए।।

# हश्र तक

यूँ नहीं खोयी है हमने, जिन्दगी बेकार में।
हश्र तक जिन्दा रहेंगे, हम तेरे दीदार में ।।
कोशिशें कर लो हमें तुम, भूल जाने की मगर,
हम नजर आते रहेंगे, हर दरो-दीवार में।
यूँ नहीं--------------------------------------------
एक मुद्दत से तेरी, यादों में हम मौजूद हैं,
थे कभी इकरार में अब हैं तेरे इन्कार में।
यूँ नहीं ------------------------------------------
गम नहीं मिटती रहे जो जिन्दगी पे जिन्दगी,
हर दफा मरते रहेंगे यूँ ही तेरे प्यार में।
यूँ नहीं ------------------------------------------
जब कभी तन्हा अकेले तुम चमन में आओगे,
खुशबुएँ बनकर मिलेंगे हर गुले-गुलजार में।
यूँ नहीं खोयी है हमने जिन्दगी बेकार में।
हश्र तक जिन्दा रहेंगे हम तेरे दीदार में ।।

# इश्क ना करना

ना इश्क कभी करना, तड़पायेंगी यादें।
बिन सावन के पानी, बरसायेंगी आँखें ।।
वो ऐसे हँसती थी, वो ऐसे चलती थी।
चलते-चलते मुड़कर, यूं देखा करती थी ।।
खिड़की से हो करके, वो बाहर आती थी।
चोरी-चोरी अक्सर, वो मिलने आती थी।।
रह-रहकर उसकी ही, याद आयेंगी बातें,
ना इश्क ----------------------------------------
गम के सैलाबों में, सपने बह जायेंगे।
तुम रोओगे लेकिन, आँसू ना आयेंगे।
हालात मोहब्बत में, ऐसे हो जायेंगे।
अच्छे खासे दिल के टुकड़े हो जायेंगे ।।
जिन्दा तो रहोगे पर,रुक जायेंगी साँसे,
ना इश्क ----------------------------------------
सूना जीवन होगा, ना कोई फिजां होगी।
जिस ओर भी देखोगे, उस ओर खिजां होगी ।।
पत्थर दिल दुनिया में, बदनाम वफा होगी।
इस रोग में हर कोई, नाकाम दवा होगी ।।
बेचैन करेंगे दिन झुलसायेंगी रातें,
ना इश्क ----------------------------------------

# जिन्दगी

जिन्दगी तू ही बता, क्या हुई हमसे खता।
क्यों खुशी गम बन गई, क्यों हुए अपने खफा।
इसका कोई गम नही है, कौन किसको मिल गया।
जो भी जिसके नाम का था, वो उसी को मिल गया ।।
फिर भी दिल टूटा है क्यों, क्यों जली मेरी वफा,
जिन्दगी---------------------------------------------------------
बेसबब बेमंजिलों के, हम यूँ ही चलते रहे।
दूसरों की आग में हम, बेवजह जलते रहे ।।
आज जो एहसास है, क्यों नहीं पहले हुआ,
जिन्दगी---------------------------------------------------------
आग सीने में लगी है, जल रही हर साँस है।
ये मेरे दिल की घुटन है, या किसी की याद है।।
जख्म मिलते हैं अगर, क्यों नहीं मिलती दवा,
जिन्दगी---------------------------------------------------------
उम्रभर की बेकरारी, इश्क की पहचान है।
हर कोई इस फलसफे को, जानकर अन्जान है।।
हमने की सबसे वफा, क्यों मिली हमको जफा,
जिन्दगी तू ही बता, क्या हुई हमसे खता।
क्यों खुशी गम बन गई, क्यों हुए अपने खफा।।

# औरत

तू औरत है, नहीं अबला तेरी पहचान है।
तेरे सम्मान में सब कुछ मेरा कुर्बान है।।
कभी अग्नि सी जलती है, कभी धारा सी बहती है।
कभी दुल्हन की आँखों से, तू बनके अश्क गिरती है।।
कभी ठहरा सा पानी है, कभी तूफान है,
तू औरत है-----------------------------------------
तू घर में शान बन जाये, तू रण में काल बन जाये।
तेरे अपनों की मुश्किल में, तू उनकी ढाल बन जाये ।।
जमाने भर की हर शह पर तेरा एहसान है,
तू औरत है-----------------------------------------
तू हर गम की सहेली है, तू अनसुलझी पहेली है।
जहां में कौन सी मुश्किल है, जो तूने ना झेली है।।
छिपाकर दर्द को हँसना ही तेरी शान है,
तू औरत है-----------------------------------------
तू अपने अश्क को पीले, तू जख्मों को दवा कर ले।
जरा सा हौसला करके, जमीं क्या आसमां छू ले।।
तेरी हिम्मत से हर मुश्किल बनी आसान है,
तू औरत है, नहीं अबला तेरी पहचान है।
तेरे सम्मान में सब कुछ मेरा कुर्बान है।।

# बदला

नहीं जन्नत नहीं दौलत ना कुछ ईनाम लेना है।
सुपुर्दे खाक अब तुझको ए पाकिस्तान करना है।।
कसम है उन शहीदों की जिन्हें धोखे से मारा है,
वतन की हर शहादत का हिसाबे-जान लेना है।
सुपुर्दे खाक ------------------------------------------
मिटा देंगे तेरा नामोनिशां दुनिया के नक्शे से,
तेरी हर नीच हरकत का यही ईनाम देना है।
सुपुर्दे खाक ------------------------------------------
तेरी फितरत में धोखे हैं तेरे लफ्जों में मक्कारी,
हमें जिद है तेरी हर चाल को नाकाम करना है।
सुपुर्दे खाक ------------------------------------------
तेरी नादानियों ने फिर से शोलों को हवा दी है,
मगर इस बार क्या औकात है तेरी बताना है।
सुपुर्दे खाक ------------------------------------------
तेरी धरती को तेरे ही लहू से लाल कर देंगे,
हमें अब खून का बदला तेरे खूँ से ही लेना है।
सुपुर्दे खाक ------------------------------------------

# कोई

परदे को जमीरों से उठा ना सका कोई।
सोये हुए इंसां को जगा ना सका कोई ।।
मुर्दों की तरह लोग बेज़ुबां से हो गये,
लुटती हुई अस्मत को बचा ना सका कोई।
सोये हुए-------------------------------------------
हर शख्स है सहमा सा अँधेरों की जदों में,
इक लौ भी रोशनी की जला ना सका कोई।
सोये हुए-------------------------------------------
जो बाँट दे आवाम वो इंसान नहीं है,
ये बात जमाने को बता ना सका कोई।
सोये हुए-------------------------------------------
होता जहां में दूसरा भी ताजमहल पर।
वादा-ए-मोहब्बत को निभा ना सका कोई।
सोये हुए-------------------------------------------
पहचानने मुश्किल हैं बड़े अपने परायें,
चेहरों से नकाबों को हटा ना सका काई।
सोये हुए-------------------------------------------
गैरों का आज फिर भी कोई खौफ नहीं है,
अपनों से ही अपनों को बचा ना सका कोई।
सोये हुए-------------------------------------------
परदे को जमीरों से उठा ना सका कोई ।
सोये हुए इंसां को जगा ना सका कोई।।

# दबी चिंगारियाँ

मिला था मैं कभी उनसे, दबी चिंगारियाँ लेकर।
इन्हें भड़का दिया उसने, बहानों की हवा देकर ।।
मेरे दिल से जो निकली थी, बड़ी छोटी शिकायत थी,
बवंडर ही बना डाला, इसे यूँ तूल दे, देकर।
मिला था----------------------------------------------
बड़ी मुश्किल से रोशन की, शमा-ए-इश्क सीने में,
बुझा डाला इसे उसने, मेरे दिल को दगा देकर।
मिला था----------------------------------------------
मेरे हर एक आँसू पर, उसी का नाम लिक्खा है,
न जाने क्यों रुला डाला, हँसाने की दवा देकर।
मिला था----------------------------------------------
शमां कुछ और ही होता, अगर महफिल में वो होते,
नहीं हम लड़खड़ा जाते, किसी की याद में पीकर।
मिला था----------------------------------------------
उन्हें यूँ याद कर बैठे, कि ये दुनिया भुला दी थी,
हमें अब होश आया तो, मगर सारा जहां खोकर।
मिला था----------------------------------------------
मैं उनकी जिन्दगानी में, कुछ ऐसा छोड़ जाऊँगा,
जहाँ पर भी रहेंगे वो, करेंगे याद रो-रोकर।
मिला था----------------------------------------------
मैं उठ पड़ता हूँ रातों में, किसी आवाज को सुनकर,
कोई तो है जो धीरे से, बुलाता है सदा देकर।
मिला था मैं कभी उनसे, दबी चिंगारिया लेकर।
इन्हें भड़का दिया उसने, बहानों की हवा देकर ।।

# याद

ना कोई दर्द याद आया ना कोई रंज याद आया।
बही जब भी मेरी आँखे, तेरा ही नाम याद आया ।।
मेरी यादों की दौलत में, जो टूटी सी कलम देखी,
लिखा था जो तुम्हें खत में, हर इक वो लफ्ज याद आया।।
बही जब भी-----------------------------------------------
तेरी यादें भुलाने की जो दिल ने कोशिशें की हैं,
मेरी आँखों में रह-रहकर तेरा चेहरा उभर आया।
बही जब भी-----------------------------------------------
दवा भी की दुआ भी की, किये सजदे हजारों भी,
मगर टूटे हुए दिल को, कभी आराम ना आया।
बही जब भी-----------------------------------------------
तेरी नजरों की रहमत थी, तो हम जिन्दा से रहते थे,
गये हो दूर जब से तुम, हमें जीना नहीं आया।
बही जब भी-----------------------------------------------

# बेचैन

चले आओ तुम्हारे बिन, बड़ा बेचैन रहता हूँ।
ना जीता हूँ ना मरता हूँ, बड़ा बेजान रहता हूँ।।
तेरे होठों पे मेरा भी कभी तो जिक्र आयेगा।
इसी को सोचकर दिनरात तुझको याद करता हूँ।
ना जीता------------------------------------------------
दिवानेपन की हद से भी, ज्यादा प्यार था तुमसे,
जरा सा जुर्मेउल्फत था, जिसे ताउम्र भरता हूँ।
ना जीता------------------------------------------------
ना तू मेरा ना मैं तेरा, तो कैसी आस है दिलको,
जरूरी था तेरा जाना, मैं फिर भी राह तकता हूँ।
ना जीता------------------------------------------------
ये तय है कि कभी तुम, लौट के अब आ ना पाओगे,
मगर फिर भी मैं दरवाजा खुला ही छोड़ देता हूँ।
ना जीता------------------------------------------------

# बेवजह

बेवजह बेमंजिलों के मैं सफर करता रहा।
जो मेरा ना था उसी को ढूँडता फिरता रहा।।
कह नहीं पाया किसी से दर्दे दिल की दासतां,
आग सीने में लिए मैं रात दिन जलता रहा।
इस कदर तनहाइयों में खो गया मेरा वजूद,
कौन हूँ मैं दूसरों से पूछता फिरता रहा।
उनसे मिलकर जिन्दगी का इस तरह बदला मिजाज,
मुस्कुराकर एक पल मैं उम्र भर रोता रहा।
था समन्दर पास मेरे डूब भी जाता मगर,
चन्द बूंदों के लिए मैं हर दफा मरता रहा।

# आस

दर्द की रात भी इक रोज गुजर जायेगी।
रोशनी से भरी फिर एक सुबह आयेगी ।।
होके बर्बाद भी ये सोच के रहना जिंदा,
लौट कर एक दिन हर एक खुशी आयेगी।
जब भी मायूस हो खुद पे ये भरोसा रखना,
तेरे आगाज से चट्टान पिघल जायेगी।
यूँ ही रहते नहीं उजड़े हुए मंजर हर दम,
इस वीराने में भी इक रोज फिजां आयेगी।
सूख जाती हुई साँसों को सम्हाले रखना,
कोई तो बूंद तेरी प्यास को बुझायेगी।

# आरज़ू

मेरी दुनिया को तुम आबाद कर देते तो अच्छा था।

मेरी इस जिन्दगी को भी सजा देते तो अच्छा था।।
किसी के दिल में आकर के यूँ जाना बेवफाई है,
मेरे वीरान दिल में तुम ठहर जाते तो अच्छा था।
मेरी दुनिया-----------------------------------------
बहुत दिन तक अकेले घुटके दुनिया में जिया हूँ मैं,
अगर कुछ दिन जो मेरे साथ रह जाते तो अच्छा था।
मेरी दुनिया-----------------------------------------
मैं सब जख्मों को सह लूँगा मैं हर गम को भी पी लूँगा,
अगर तुम यार मेरे सामने रहते तो अच्छा था।
मेरी दुनिया-----------------------------------------
बड़ा मुश्किल है तन्हा जिन्दगी का ये सफर कटना,
मुझे गर हम सफर अपना बना लेते तो अच्छा था।
मेरी दुनिया-----------------------------------------
अगर जाना ही चाहो तो मैं रोकूँगा नहीं तुमको,
मगर जाने से पहले जहर दे जाते तो अच्छा था।
मेरी दुनिया----------------------------------------
चले जाओगे तुम तो दिल को मेरे जख्म दे देकर,
दवा इस दर्दे दिल की मुझको दे जाते तो अच्छा था।
मेरी दुनिया को तुम आबाद कर देते तो अच्छा था।
मेरी इस जिन्दगी को भी सजा देते तो अच्छा था।।

# काश

मेरे वीरान दिल में कोई गुल खिला जाये।
काश मुझको भी कोई रोशनी दिखा जाये।।
दिल उखड़ता है आज के शरीफ लोगों से,
इन शरीफों में रहूँ कैसे ये सिखा जाये।
काश मुझको---------------------------------
मैं हूँ भटका हुआ अँधेरों में गरीबी के,
इन अंधेरों में कोई इक शमां जला जाये।
काश मुझको---------------------------------
क्यों नहीं रास आ रही है जिन्दगी मुझको,
जिन्दगी चीज क्या है कोई ये बता जाये।
काश मुझको---------------------------------
मानता हूँ मैं के सच बोलना गलत है अब,
जगह पे सच की क्या बोलूँ कोई बता जाये।
काश मुझको---------------------------------
आज मैं कैद हूँ दुनिया के सियासत घर में,
कोई आकर मुझे इस घर से दूर ले जाये।
काश मुझको---------------------------------
देख ना पाऊँगा ये जुल्म गरीबों पर मैं,
कोई चुपके से इन आँखों पे हाथ रख जाये।
काश मुझको---------------------------------
मेरे वीरान दिल में कोई गुल खिला जाये।
काश मुझको भी कोई रोशनी दिखा जाये।।

# अंजाम-ए-इश्क

आज फिर से वो याद आये हैं।
अश्क आँखों से निकल आये हैं।।
देखकर आइने में चेहरा हम,
अपने हालात से शर्माये हैं।
अश्क आँखों------------------------
दुश्मनों से नहीं है हमको गिला,
दोश्तों ने ही हम सताये हैं।
अश्क आँखों------------------------
माँगी खुशियाँ थीं इश्क में लेकिन,
गम ही हिस्से में चले आये हैं।
अश्क आँखों------------------------
दिल्लगी की थी इसलिये हमनें,
जख्म दिल पर किसी से खाये हैं।
अश्क आँखों------------------------
हमने जग छोड़ दिया उनके लिये,
आज इस भूल पे पछताये हैं।
अश्क आँखों------------------------
अब कोई हमको खरीदे ना कफन,
साथ हम अपना कफन लाये हैं।
अश्क आँखों------------------------
आज फिर से वो याद आये हैं।
अश्क आँखों से निकल आये हैं। ।

# तन्हाई

मेरा प्यार ना उनको गंवारा हुआ।
जिसको चाहा ना वो ही हमारा हुआ।।
मैंने चाहत का कोई सजाया चमन।
फूलों की हसरतों में उगा उसमें गम।।
मेरे दिल ने जो चाहा वो मेरा न था
मैं तो डूबा वहाँ जहाँ पानी न था।।
जिसका डर था मुझे वही किस्सा हुआ,
जिसको चाहा ---------------------------------------
जा रहा हूँ अकेला ही राहों पे मैं।
जल गया आशियाँ अब अकेला हूँ मैं।।
राहे-उल्फत ना मुझको कोई मिल सकी।
रास्ता ना मिला ना खुशी मिल सकी।।
प्यार का रास्ता ना हमारा हुआ,
जिसको चाहा ---------------------------------------
सबको जाहिर ना हो जाये गम ये मेरा।
इसलिये गीत गाता हूँ खुशियों भरा ।।
गीत गाता भी हूँ मुस्कुरता भी हूँ।
शाम ढलते ही रातों को रोता भी हूँ।।
गम के अश्कों का मैं हूँ बहाया हुआ,
जिसको चाहा ---------------------------------------
मेरा प्यार ना उनको गंवारा हुआ।
जिसको चाहा ना वो ही हमारी हुआ।।

# इससे पहले

मेरा दिल टूटकर बिखर जाये, इससे पहले कहीं चले जाना।
जब मेरे प्यार की सजे अर्थी, आके कांधा जरा लगा जाना ।।
तुमसे रिश्ता नहीं रहा फिर भी, दिल तुम्हें याद करके रोता है,
मेरी हालत का कुछ ख्याल हो तो, मुझको दोबारा याद ना आना।
मेरा दिल -----------------------------------------------------

मिल गये खाक में मेरे सपने, आज फिर बिक गई वफाये हैं,
मैनें जो रेत पर बनाया घर, उसमें ठोकर जरा लगा जाना।
मेरा दिल -----------------------------------------------------

प्यार तो देना पाये मुझको तुम, अब यही इल्तजा है बस तुमसे,
चार आँसू ही ऐ मेरे हम दम, मेरी मैयत पे तुम बहा जाना।
मेरा दिल -----------------------------------------------------

मेरी अर्थी में आग लगने पर, लौटकर आओगे जब अपने घर,
चलते-चलते खुद अपने हाथों से, हर निशानी मेरी मिटा जाना।
मेरा दिल -----------------------------------------------------

जब तुम्हें मेरी याद आने लगे, और तुम्हें मेरी कमी जाहिर हो,
देखकर बुझते हुए दीपक को, अपने दिल पर तुम हाथ रख देना।
मेरा दिल टूटकर बिखर जाये, इससे पहले कहीं चले जाना।
जब मेरे प्यार की सजे अर्थी, आके कांधा जरा लगा जाना ।।

# भंवर

मैं जिन्दगी के हाथों, लुटता चला गया।
तन्हाईयों के गम में, जलता चला गया।
निकला जो ढूँडने को, आबादियों का आलम,
बर्बादियां गले से, लगाता चला गया।
मैं जिन्दगी-----------------------------------
सोचा था एक दिन तो, मिल जायेगा किनारा,
इस आस में भंवर में, फंसता चला गया।,
मैं जिन्दगी-----------------------------------
सबकुछ ही ढक लिया जब, इस वक्त के कफन ने,
राहों पे मैं अकेला, चलता चला गया।
मैं जिन्दगी-----------------------------------
धोखा दिया किसी ने, या की वफा हो मुझसे,
मैं माफ सबको दिल से, करता चला गया।
मैं जिन्दगी-----------------------------------
बस बन्द कर दो अब तो, इन गम की आंधियों को,
रो – रो के ये खुदा से, कहता चला गया।
मैं जिन्दगी के हाथों, लुटता चला गया।
तन्हाईयों के गम में, जलता चला गया।।

# गम के आँसू

क्यों छिप के रो रहे हो, ओ प्यार करने वालों।
पी जाओ गम के आँसू, ओ दर्द सहने वालों ।।
दुनिया नहीं है अब ये, हमदर्दियों के काबिल,
दुनिया की फिक्र छोड़ो, ओ फिक्र करने वालों।
पी जाओ-----------------------------------------
बोला था इस जहाँ में ना इश्क तुम जताना,
पछता रहे हो अब क्यों, अंजाम सहने वालों।
पी जाओ-----------------------------------------
यहाँ पूछता नहीं है, कोई हाले- दिल किसी का,
बिरहा की आग में ओ, दिन-रात जलने वालों।
पी जाओ-----------------------------------------
मंजिल नहीं मिलेगी, इन रास्तों पे तुमको,
राहे - वफा में यूँ ही, दिन-रात चलने वालो।
पी जाओ-----------------------------------------
क्यों छिप के रो रहे हो, ओ प्यार करने वालों।
पी जाओ गम के आँसू, ओं दर्द सहने वालों ।।

# मैं भी जिंदा हूँ

मुझको मुझसे ही बचा लो कोई ।
मैं भी जिंदा हूँ बता दो कोई।।
खो गया हूँ मैं खुद के जमघट में,
मुझको मुझमें से निकालो कोई।
मैं बहुत दूर निकल आया हूँ,
रास्ता घर का दिखा दो कोई।
आज फिर खो गया वजूद कहीं ,
मेरी पहचान बात दो कोई।
मय अगर गम को भुला देता है,
मुझको थोड़ी सी पिला दो कोई।
ऐसा बिखरा हूँ के सिमटा ही नहीं,
मुझको पहले सा बना दो कोई।

# दस्तकें

दिल के दरवाजे पे ये, दस्तकें देता है कौन।
बिन मिले जाता है जो, शख्स आखिर है ये कौन।।
मंजिलों के पार से, कोई देता है सदा,
दे के आवाजें मुझे, चुप ये हो जाता है कौन।
दिल के-----------------------------------------
आहटें कदमों की यूँ, लौट जाती हैं कहाँ,
पास आने से भला, इस तरह डरता है कौन।
दिल के-----------------------------------------
बारिशों का वक्त है, फिर भी है प्यासा ये दिल,
उम्र भर की खुशकियाँ, पल में ही देता है कौन।
दिल के-----------------------------------------
किस्मतों की राह में, जब अँधेरा है हुआ,
घोर अँधेरों में फिर, रोशनी करता है कौन।
दिल के-----------------------------------------
ये मेरा सपना है या, है हकीकत ये कोई,
इस तरह की उलझनें, मुझको दे जाता है कौन।
दिल के दरवाजे पे ये, दस्तकें देता है कौन।
बिन मिले जाता है जो, शख्स आखिर है ये कौन।।

# दीवाना

आपकी नजरों ने मुझको, प्यार इतना दे दिया।
भूलकर दुनिया को मैं, पागल दिवाना हो गया ।।
किस्मतों की ठोकरों से, थक गया था एक दिन।
सारी उम्मीदों को मैने, खो दिया था एक दिन।।
हाथ मेरा थामकर तुमने, खड़ा है कर दिया,
आपकी नजरों-----------------------------------
मुझको ना मालूम था कि, है ये उल्फत चीज क्या।
आपने सिखलाया मुझको है, मोहब्बत चीज क्या ।।
मेरे इस वीरान दिल को, आपने रोशन किया,
आपकी नजरों-----------------------------------
तुम न थे जब जिन्दगी में, जिन्दगी ये खाक थी।
हो गई बेजार जो आँधी में, ऐसी शाख थी।।
मेरे गम लेकर मेरा, खुशियों से दामन भर दिया,
आपकी नजरों-----------------------------------
चाहें खो जाये जहां पर, तुम नहीं होना जुदा।
पहले तो रब था मगर, अब आप हैं मेरे खुदा ।।
तुमने मेरी जिन्दगी को, खूबसूरत कर दिया,
आपकी नजरों ने मुझको, प्यार इतना दे दिया।
भूलकर दुनिया को मैं, पागल दिवाना हो गया ।।

# शीशे के ख्वाब

ख्वाब शीशे के दिल में सजाकर, आह भरते हो किसके लिये तुम।
इस डगर से नहीं कोई आता, राह तकते हो किसके लिये तुम।।
ना कोई अपना है इस जहाँ में,ना कोई हमसफर जिन्दगी में,
है बुलाता नहीं कोई तुमको, फिर भी रुकते हो किसके लिये तुम।
इस डगर से ---------------------------------------------------

पत्थरों का शहर है ये इसमें, पत्थरों के हैं इंसान रहते,
इनसे टकरा के सिर ए दिवानों, इतना रोते हो किसके लिये तुम।
इस डगर से ---------------------------------------------------

टुकड़े-टुकड़े हुई जिन्दगी है, ख्वाब बिखरे हैं इन रास्तों में,
अब सुनहरी भली जिन्दगी का, ख्वाब बुनते हो किसके लिये तुम।
इस डगर से ---------------------------------------------------

दूर तक हैं अंधेरों के सागर, कोई है पास भी ना तुम्हारे,
रौशनी दिल जलाकर के अपना, कर रहे हो ये\ किसके लिये तुम।
इस डगर से ---------------------------------------------------

ख्वाब शीशे के दिल में सजाकर, आह भरते हो किसके लिये तुम।
इस डगर से नहीं कोई आता, राह तकते हो किसके लिये तुम।।

# ओम नमः शिवाय

जग में ना कोई बड़ा, भोले तेरे सिवाय ।
रटता रह ओ मन मेरे, ओइम नमः शिवाय: ।।
जो पूरे निष्काम से, भोले तेरा हो गया।
बिन माँगे संसार में, उसको सबकुछ मिल गया।
सुखदुख की चिंताओं को, तूने दिया मिटाय,
रटता रह----------------------------------------------
तीनों लोक में प्रेम का, डमरू तेरा बाजता |
तेरे ही तो क्रोध से, हर पापी है काँपता।।
हर दिल में तू है बसा, ना कोई तेरे सिवाय,
रटता रह----------------------------------------------
जो गाये महिमा तेरी, सच्चा सुख पाता वही।
सच्चे मन से बोल दे,जो तुझको पाता वही।।
भक्तों के कल्याण में, देर करे ना कोय,
रटता रह----------------------------------------------
तू सारे जग का पिता, जग तेरी संतान है।
अपने भक्तों के लिये, तू तो इक वरदान है।।
तुझ सा इस संसार में, हुआ ना कोई होय,
रटता रह----------------------------------------------
जग मे ना कोई बड़ा, भोले तेरे सिवाय ।
रटता रह ओ मन मेरे, ओइम नमः शिवाय: ।।

# ईश्वर

जिस ओर भी मै जाऊँ ईश्वर, उस ओर ही मेरे संग रहना।
अपने चरणों की धूल में ही, हरदम मुझको रहने देना।
जिस और घुमाऊँ नजरों को, उस और मैं तुमको ही देखूँ।
तन में मन में इस जीवन के, हर आँगन में तुमको देखूँ।
मेरे नैनन की बनकर ज्योति, नेकी की राह दिखा देना,
अपने चरणों---------------------------------------------
बस नाम के हैं रिश्ते नाते, ये नाम का मोह हमारा है।
सबकुछ झूठा है इस जग में, इक सच्चा नाम तुम्हारा है।।
कम हो ना ये विश्वास मेरा, मन को शक्ति इतनी देना;
अपने चरणों---------------------------------------------
इंसान का क्या है इस जग में, आता है चला जाता है वो।
क्या अच्छा है और क्या है बुरा, ये समझ नहीं पाता है वो।।
मैं अज्ञानी हूँ हे भगवन, इतना मुझको समझा देना,
अपने चरणों---------------------------------------------
सच की राहों पर चलने से, ना मेरे कदम रुकने पायें।
चाहें मुझे कोई धोखा दे, मुझसे धोखा ना हो जाये।।
जब भी हो अंधेरा दिल में मेरे, तुम ज्ञान का दीप जला देना,
अपने चरणों---------------------------------------------
जिस ओर भी मै जाने ईश्वर, इस ओर ही मेरे संग रहना।
अपने चरणों काल की में ही, हरदम मुझको रहने देना।

# आँसुओं का शहर

तोड़ करके ये दिल खो गया है कोई।
नींद आँखों की भी ले गया है कोई।
भूलते जा रहे हैं कि क्या है खुशी,
इस कदर हमको गम दे गया है कोई।
तोड़ करके ------------------------------------------
ऐसा लगता है अब दिन निकलता नहीं,
रात इतनी बड़ी दे गया है कोई।
तोड़ करके ------------------------------------------
अब तो हर रोज आँखें करेंगे ही नम,
आँसुओं के शहर दे गया है कोई।
तोड़ करके ------------------------------------------
उम्र भर के लिये देके तन्हाईयाँ,
हक वफा का अदा कर गया है कोई।
तोड़ करके ------------------------------------------
अब हमें डर नहीं मौत से दोस्तों,
बिन ही मांगे कफन दे गया है कोई।
तोड़ करके ये दिल खो गया है कोई।
नींद आँखों की भी ले गया है कोई।

# दस्तूर

दुनिया में जो आया है इक दिन वो जाना है।
कुदरत रूपी शह का ये दस्तूर पुराना है।।
ये तेरा है ये मेरा है कहता रह जायेगा।
सबकुछ दुनिया में ये तेरा रक्खा रह जाएगा।।
खाली हाथों आया था खाली ही जाना है,
कुदरत रूपी------------------------------------------
मौत तो वो सच्चाई है जो तझको आयेगी।
जां तेरी जानी है इक दिन छोड़ के जायेगी।।
कौन बदल सकता है ये तो खेल पुराना है,
कुदरत रूपी------------------------------------------
किसके लिये रोता है इतना इंसां तू जग में।
तू भी सो जायेगा इस धरती के आँचल में।।
पंछी उड़ जायेगा पिंजरा खाली होना है,
कुदरत रूपी------------------------------------------
दुख सुख आते रहते हैं तू मत घबरा इंसान।
जीवन के संग मिलते हैं ये दोनों ही वरदान ।।
आज अगर दुख भोगा है कल सुख भी आना है,
कुदरत रूपी------------------------------------------
सच की राह कठिन होती है इतना रखना याद।
हो सकता है इस पर चलकर हो जाये बर्बाद।
तेरी इस बर्बादी को सुख बनकर आना है,
कुदरत रूपी------------------------------------------
जीवन झंझावातों का एकवन होता है यार।

जिसको हर हालत में करना पड़ता ही है पार ।।
कैसे भी हो तुझको इसके पार तो जाना है,
कुदरत रूपी------------------------------------------
दुनिया में जो आया है एक दिन वो जाना है।
कुदरत रूपी शह का ये दस्तूर पुराना है।।

# इलेक्शन

देखो नेताजी आये हैं।
इलेक्शन लाये हैं।
गाड़ी आयी रूकी खुले दरवाजे शीशे वाले।
उसमें से उतरे फिर मोटे से इक खददर वाले।।
उनके आते ही नारों से चिल्लाये सारे जन।
मालाओं से दब गई नेताजी की मोटी गर्दन ।।
हाथ जोड़कर अपने आसन पर पहुंचे नेताजी।
देख भीड़ को इतनी गदगद हो गये थे नेताजी ।।
देखो-----------------------------------------------
इलेक्शन-------------------------------------------
फिर क्या था अब शुरू हुई नेताओं वाली भाषा।
गला फाड़कर जन-जन को अब देने लगे दिलासा ।।
बोले मुझको दिल्ली में बैठा दो तुम जल्दी से।
पूरा कर दूंगा सबकी मांगों को फिर जल्दी से।
एक बार गर बना मंत्री में इन सरकारों में।
बिजली घर घर में होगी और पानी खलिहानों में ।।
देखो-----------------------------------------------
इलेक्शन-------------------------------------------
घंटा एक बोलकर नेताजी के मन में आया।
घर-घर में नतमस्तक होने का फिर प्लान बनाया।।
बस्ती में अब वोट मांगने निकल पड़े नेताजी।
आगे पीछे चमचे थे और बीच में थे नेताजी।
लोगों के दुखड़े सुनते और देते यही मशवरा ।

गर तुमको ऊंचा उठना है वोट मुझे दो सारा।
देखो------------------------------------------------
इलेक्शन--------------------------------------------
नेताजी की सुनकर बातें चिकनी-चुपड़ी प्यारी।
हो गई उनके साथ गाँव की भोली जनता सारी।।
नेताओं का शस्त्र तो उनकी वाणी का होता है।
सुनकर इनका भाषण हर व्यक्ति इनका होता है।।
सचमुच नेताओं की भाषा में होती है हलचल।
अच्छे-अच्छे लोगों को कर देती है ये पागल।।
देखो------------------------------------------------
इलेक्शन--------------------------------------------
वोट मांगकर नेताजी फिर वापिस वहीं पे आये ।
इतने में ही एक और दल के नेताजी आये।।
दोनों नेताओं ने एक दूसरे को यूँ देखा।
हमने दोनों की आंखों में लहू उतरते देखा।।
देख एक-दूजे को उनका गुस्सा बढ़ता जाता।
एक के वश में होता तो दूजे को वो खा जाता।।
देखो------------------------------------------------
इलेक्शन--------------------------------------------
पहले नेता बोले मुझसे मत लेना तू पंगा।
तेरी पोल खोल के तुझको कर दूंगा मैं नंगा ।।
दूजे बोले लोगों इसको वोट नहीं तुम देना।
अपने हाथों ही ना अपने घर में आग लगाना ।।
इतनी सुनकर दोनों नेता हो गये गुत्थम गुत्था।
उनके चमचे भी आपस में हो गये लट्ठम लट्ठा।।
देखो------------------------------------------------

इलेक्शन------------------------------------------

इतने में ही दौर इलेक्शन के कुछ ऐसे टूटे।

लाठी चली खड़ी ना जाने कितनों के सिर फूटे।

पहले घायल नेता बैठ गये कुर्सी के नीचे।।

अरमाँ थे ऊपर के लेकिन पड़ा बैठना नीचे।

हमने पूछा बोलो साहब हाल हुआ ये कैसे।।

बोले गैरे दलों के कुत्ते पड़ गये मेरे पीछे।।

देखो---------------------------------------------

इलेक्शन------------------------------------------

# शीशा-ए-दिल

ना इश्क में दिवानों, बर्बाद होने आना।
ये शहर है पत्थरों का, शीशा-ए-दिल ना लाना ।।
अब खत्म कर दो यारों, यादों के इस सफर को,
ना किसी को याद करना, ना किसी को याद आना।
ये शहर -----------------------------------------------------
सम्हाल कर बनाना, यहाँ रेत पर घरौंदा,
जरा जांच के परख के, इस नींव को जमाना।
ये शहर -----------------------------------------------------
है चीज क्या वफायें, ना कोई जानता है,
बस नाम की वफायें, करता है अब जमाना।
ये शहर -----------------------------------------------------
अब लौट जाओ पीछे, राहे-वफा से यारों,
मुमकिन नहीं जहाँ में, सच्ची वफायें पाना।
ये शहर -----------------------------------------------------
वो जिनको जां है प्यारी, पर जी नहीं सकेंगे,
मुमकिन है चाहतों में, दिल का ये हाल होना।
ये शहर -----------------------------------------------------
ना इश्क में दिवानों, बर्बाद होने आना।
ये शहर है पत्थरों का, शीशा-ए-दिल ना लाना ।।

# जिन्दगी

लोग कहते हैं कि यारों, बेवफा है जिन्दगी।
क्यों न इन दो ही पलों में, जीलें सारी जिन्दगी ।।
क्या पता किस हाल में किस, मोड़ पर ये छोड़ दे,
कम ही होती जा रही है, रात दिन ये जिन्दगी।
क्यों न---------------------------------------------
कब तलक रोकोगे तुम यूं, ही इसे जज्बात से,
पानियों की ही तरह से, बह रही है जिन्दगी।
क्यों न---------------------------------------------
क्यों दुखी होते हो इसको, ना समझकर दोश्तों ,
कुछ किताबों में लिखा है, बेसबब है जिन्दगी।
क्यों न---------------------------------------------
एक इंसां की है दुश्मन, एक की ये दोश्त है,
है बदलती रंग कितने, एक पल में जिन्दगी।
क्यों न---------------------------------------------
मैं नहीं कहता हूँ हर कोई ये करता है बयां,
जो कभी सुलझी नहीं वो है पहेली जिन्दगी।
क्यों न---------------------------------------------
लोग कहते हैं कि यारों, बेवफा है जिन्दगी।
क्यों न इन दो ही पलों में, जीले सारी जिन्दगी ।।

# मेरा देश

जिस देश ने हमको जनम दिया, उस देश पे हम मिट जायेंगे।
जिसने हमको पाला अब तक, उस देश को अब हम पालेंगे ।।
जिसको हमने लहू से सींचा, तू एक हमारा गुलशन है,
जो बुरी नजर डाले तुझ पर, वो सबसे पहला दुश्मन है।
जब तक तन में जां बाकी है, हम रक्षा करते जायेंगे,
जिस देश-----------------------------------------------
हम सभी देश के बेटों को, ये आज कसम खानी होगी।
इस मातृभूमि के लिये सदा, देनी हर कुर्बानी होगी।
हँसते हँसते इस माटी पर, हम कुर्बां होते जायेंगे,
जिस देश-----------------------------------------------
इस देश के इतने एहसां है, हम खत्म नहीं कर सकते हैं।
लेकिन कुर्बानी दे देकर, उनको कुछ कम कर सकते हैं।
हम राहों पर बलिदानों की, आगे ही बढ़ते जायेंगे,
जिस देश-----------------------------------------------
वो जीवित भी है मरा हुआ, जो फर्ज नहीं पूरा करता।
आने वाले इतिहासों में, नहीं जिक्र कहीं उसका होता ।।
इस देश की खातिर हम अपने, सब फर्ज निभाते जायेंगे,
जिस देश ने हमको जनम दिया, उस देश पे हम मिट जायेंगे।
जिसने हमको पाला अब तक, उस देश को अब हम पालेंगे ।।

# जख्मी जिगर

नाम तेरा मैं हरेक शाम लिया करता हूँ।
याद में तेरी मैं दिन रात जला करता हूँ॥
वो बड़े पाक हैं मिल जाये कयामत जिनको,
एक मैं हूँ के ना मरता ना जिया करता हूँ।
याद में तेरी-----------------------------------------
क्या पता जाने कहाँ खत्म हो ये मेरा सफर,
कोई मंजिल है नहीं फिर भी चला करता हूँ।
याद में तेरी-----------------------------------------
ढूंढता हूँ मैं तुझे जाम की गहराई में,
तेरी खातिर मैं सनम रोज पिया करता हूँ।
याद में तेरी-----------------------------------------
दर्द इतने हैं मेरे जख्मी जिगर में के अब,
दर्द को अपनी दवाई मैं कहा करता हूँ।
याद में तेरी-----------------------------------------
हो सके गर तो चले आना कयामत के दिन,
मैं कयामत की दुआ रब से किया करता हूँ।
याद में तेरी-----------------------------------------
नाम तेरा मैं हरेक शाम लिया करता हूँ।
याद में तेरी मैं दिन रात जला करता हूँ॥

# आशिकी का दर्द

तुम्हारी आशिकी का दर्द अब हर वक्त रहता है।
तुम्हारी याद में दिल का दिया दिन रात जलता है।।
नहीं आओगे तुम इस बात का हमको यकीं है पर,
ना जाने क्यों ये दिल फिर भी तुम्हारी राह तकता है।
तुम्हारी याद में-----------------------------------------
हैं कितने घाव मेरे दिल पे तुमको क्या बताऊँ मैं,
उन्हीं का दर्द इन आंखों से आँसू बनके बहता है।
तुम्हारी याद में-----------------------------------------
अगर खुद भी मैं चाहूँ तो नहीं तुमको भुला सकता,
कहीं भी मैं रहूँ दिल तो तुम्हारे पास रहता है।
तुम्हारी याद में-----------------------------------------
कोई जाकर तुम्हें कह दे के दीवाना हुआ है वो,
तुम्हारे गम में ही अब तो ना पीता है ना खाता है।
तुम्हारी याद में-----------------------------------------
तुम्हारी आशिकी का दर्द अब हर वक्त रहता है।
तुम्हारी याद में दिल का दिया दिन रात जलता है।।

# बचपन

वो बचपन की यादों का मंजर सुहाना।
बहुत याद आता है गुज़रा जमाना।।
हर एक गम से अंजान थे हम।
ना थी कोई बंदिश  आजाद थे हम।
वो बातों ही बातों में हँसना हँसाना,
बहुत याद-----------------------------------------
छोटी थी आशा छोटे थे सपने।
कुछ थे पराये तो कुछ थे अपने ।।
वो रेत पर रेत से घर बनाना,
बहुत याद-----------------------------------------
नदिया की धारों में हम खेलते थे।
पेड़ों की छाँवों में हम बैठते थे।।
वो छोटे से यारों में हर पल गुजरना,
बहुत याद-----------------------------------------
सावन के झूलों में झूले थे कितने।
रिमझिम फुहारों में घूमें थे कितने।
वो बारिश के पानी में खुद ही फिसलना,
बहुत याद-----------------------------------------
वो बचपन की यादों का मंजर सुहाना।
बहुत याद आता है गुज़रा जमाना।।

# बेवफा

बेवफा तुझको ही प्यार करता हूँ मैं।
बेखबर जान ले तुझपे मरता हूँ मैं।।
जिस घड़ी में तुझे भूल जाऊँ सनम।
सोच लेना फनां हो गया मैं सनम।
रब से पहले तुझे याद करता हूँ मैं,
बेखबर जान ले-----------------------------------------
गम मेरा हर खुशी में दिखायी न दे।
दर्द की  चीख तुमको सुनायी न दे।।
हर नजर से अलग होके रोता हूँ मैं,
बेखबर जान ले-----------------------------------------
तू भुला दे मुझे ये है मर्जी तेरी।
जिन्दगी के लिये याद तो है तेरी ।।
साथ गुजरे पलों को सजाता हूँ मैं,
बेखबर जान ले-----------------------------------------
बेवफा तुझको ही प्यार करता हूँ मैं।
बेखबर जान ले तुझपे मरता हूँ मैं।।

# इल्म-ए-मोहब्बत

गर प्यार जताने का, कुछ इल्म हुआ होता।
तो बेवफा ना कोई, यूँ हमसे हुआ होता ।।
वो शर्म के आंचल में, लिपटे हुए बैठे थे।
हम अपनी झिझक से कुछ, मजबूर हो गये थे।।
गर अपनी जुबां से भी, कुछ काम लिया होता,
तो बेवफा -----------------------------------------------
हमने ही बनाये थे, तन्हाइयों के आलम।
खुद देख अपना साया, डरते हैं आजकल हम।।
हालात ऐसे होंगे, जो हमको पता होता,
तो बेवफा -----------------------------------------------
जख्मों को हवा करके, दिन रात गुजरते हैं।
सपने जो सजाये थे, दिल में ही सुलगते हैं।।
जो अपनी तरह कोई, बेहाल हुआ होता,
तो बेवफा -----------------------------------------------
गर प्यार जताने का, कुछ इल्म हुआ होता।
तो बेवफा ना कोई, यूँ हमसे हुआ होता ।।

# जलता जिगर

तेरी गलियों से गुजरना ही मैंने छोड़ दिया।
बेवफा तूने मेरे दिल को जब से तोड़ दिया।।
रोज तन्हाई में जलता है जिगर जो मेरा।
जानता हूँ मैं के ये मौत का सामां है मेरा।
मैंने अपनी ही जिन्दगी का फिक्र छोड़ दिया,
बेवफा तूने ही-------------------------------------------
मैं जो मयखाने गया गम ये भुलाने के लिये।
बोतलों में तू उतर आयी जलाने के लियो।
तू दिखायी दी जिसमें जाम वही तोड़ दिया,
बेवफा तूने ही-------------------------------------------
तेरे कदमों की जब भी आहटें सुनायी दीं।
तेरे सदके में मैंने आँखें ये बिछायी थीं।।
मैंने तन्हाईयों से अपनी नाता जोड़ लिया,
बेवफा तूने ही-------------------------------------------
तेरी गलियों से गुजरना ही मैने छोड़ दिया।
बेवफा तूने मेरे दिल को जब से तोड़ दिया।।

# नसीहत

ऐ दिवानो सुनो अब वफा छोड़ दो।
मान जाओ कहा ये शहर छोड़ दो।।
बेजुबां है जुबानों के हकदार भी,
ऐसे लोगों का तुम आसरा छोड़ दो।
मान जाओ-----------------------------------------
आयेंगी लौटकर फिर कभी चाहतें,
ये है झूठा भरम ये भरम तोड़ दो।
मान जाओ-----------------------------------------
चाहतों की खुशी में ही गम आयेगा,
गम ना पाना हो तो ये खुशी छोड़ दो।
मान जाओ-----------------------------------------
ख्वाब है ये हकीकत नहीं है कोई,
वक्त थोड़ा है तुम आँख अब खोल दो।
मान जाओ-----------------------------------------
ऐ दिवानो सुनो अब वफा छोड़ दो।
मान जाओ कहा ये शहर छोड़ दो।।

# आशिकी

कब उनकी याद में हम, दुनिया भुलाये बैठे।
हमको खबर हुई ना, हम दिल लगाये बैठे।।
अब चैन भी नहीं है, आती है नींद भी कम,
ये रोग कैसा अपने, दिल को लगाये बैठे।
हमको खबर ----------------------------------------
दीवानगी की हद तक, दीवाने हो गये हैं,
इस तरहा आशिकी में, खुद को भुलाये बैठे।
हमको खबर ----------------------------------------
अब एक बस उन्हीं की, तस्वीर है जिगर में,
हर एक चीज में हैं, अब वो समाये बैठे।
हमको खबर ----------------------------------------
चाहत है एक शह जो, पत्थर को मोम करदे,
हम  इश्क में किसी के, ये आजमाये बैठे।
हमको खबर ----------------------------------------
कब उनकी याद में हम, दुनिया भुलाये बैठे।
हमको खबर हुई ना, हम दिल लगाये बैठे।।

# दीवाने की अर्थी

दीवाने की अर्थी है ये, धीरे से ले जाना।
शीशे के सपने हैं इसमें, ठोकर ना खा जाना।।
दो पल रुक जाओ शायद वो, मिलने को आ जाये।
हो सकता है आँख में उसकी, थोड़ी नमी आ जाये।।
वक्त नहीं ये जिद करने का, कोई उसे समझाना,
दीवाने की---------------------------------------------
मुझसे बिछड़कर जो थोड़ी भी, मुश्किल हो जीने में।
याद दफन कर देना मेरी, दिल के किसी कोने में।।
जब जिन्दा था फिक्र नहीं की, पीछे क्या पछताना,
दीवाने की---------------------------------------------
पत्थर का दिल है तेरा क्यों, मोम बना जाता है।
हँसते-हँसते ही चेहरे पर, रोना क्यों आता है।।
मातम का आसार है कोई, आँखों का यूँ बहना,
दीवाने की अर्थी है ये, धीरे से ले जाना।
शीशे के सपने है इसमें, ठोकर ना खा जाना।।

# इन्तजार

कोई वादा नहीं किया फिर भी,
जाने क्यों इंतजार करते हैं।
हम ख्यालों के धुन्ध साये में,
जानें किसकी तलाश करते हैं।।
कोई सूरत है आते-आते जो,
मेरे आँगन से लौट जाती है,
होके बेचैन फिर नजारों में,
उसकी पहचान किया करते हैं।
हम खयालों ----------------------------------------
एक मुद्दत से एक चेहरे का,
दिल में बुत हमने बना रक्खा है,
आयेगी इसमें हकीकत बनकर,
बस यही इन्तजार करते हैं।
हम खयालों ----------------------------------------
राह तकते हैं दिल की राहों में,
जैसे आयेगा कोई अपना भी,
लेके फिर एक और गम यारों ,
शाम को घर को चला करते हैं।
हम खयालों ----------------------------------------
क्या कहेंगे जो कोई पूछेगा,
किसके दीवाने हो गये हैं हम,
राज खुल जाये ना ये दुनिया में,
बस इसी बात से ही डरते हैं।

हम खयालों ----------------------------------------

कोई वादा नहीं किया फिर भी,
जाने क्यों इंतजार करते हैं।
हम ख्यालों के धुन्ध साये में,
जानें किसकी तलाश करते हैं।।

# मयखाना

रात भर आँख मेरी रोये जब, गली से उसकी गुजर जाता हूँ।
याद जब उसकी मुझे आती है, रोज मय खाने चला जाता हूँ।।
क्या बताऊँ उन्हें क्यों पीता हूँ, जो मुझे नाम शराबी का दें,
याद कम आये इसी की खातिर, जाम पे जाम पिये जाता हूँ।
याद जब------------------------------------------------------

लोग कहते हैं दिल की दुनिया में, प्यार ही सबका खुदा होता है।
ये कोई उसको बता दे जाके, जिसे मैं प्यार किये जाता हूँ।
याद जब------------------------------------------------------

एक ही बार दिन कयामतका, लोग पाते हैं सारी दुनिया में,
एक मैं हूँ के इश्क में यारों, रोज मरता हूँ रोज जीता हूँ।
याद जब------------------------------------------------------

नजर अंदाज किया मैं उसने, याद है फिर भी उसी की दिल में,
हाथ पर खूने जिगर से अपने, उसी का नाम लिखे जाता हूँ।.
याद जब------------------------------------------------------

रात भर आँख मेरी रोये जब, गली से उसकी गुजर जाता हूँ।
याद जब उसकी मुझे आती है, रोज मय खाने चला जाता हूँ।।

# थोड़ा सा गम

थोड़ा सा गम थोड़ी सी याद मिलकर जलन बन जायेगा।
आयेगा जब कयामत का दिन ये ही कफन बन जायेगा।
कोई गिला दिल में कभी रखना नहीं तुम प्यार में,
वरना यही एक दिन तुम्हें बिल्कुल फनां कर जायेगा।
आयेगा जब-------------------------------------------
एक बेवफा हो भी गया डूबो नहीं तुम जाम में,
दिल का यही जामे शराब जामे जहर बन जायेगा।
आयेगा जब-------------------------------------------
चलते रहो राहों में तुम होगा कभी संग कारवाँ,
गर ये कदम पथरा गये सबकुछ यहीं रुक जायेगा।
आयेगा जब-------------------------------------------
थोड़ा सा गम थोड़ी सी याद मिलकर जलन बन जायेगा।
आयेगा जब कयामत का दिन ये ही कफन बन जायेगा।

# लोरी

ओ मेरे जिगर के टुकड़े, आ तुझको लोरी सुना दूँ।
परियों की कहानी कहके, तुझे गहरी नींद सुला दूँ।।
क्या बात हुई गर तुझको, साया ना माँ का मिलेगा।
मत रो बेटा तू इतना, माँ बाप का प्यार मैं दूंगा।
आ मैं दोनों की कमी को तुझे पूरा करके दिखा दूँ,
परियों की------------------------------------------------
रैना आधी चढ़ आयी, अब तो मेरे लाल तू सोजा।
जाकर गहरी निंदिया में, मीठे सपनों में खो जा।।
आ मैं तुझको सपनों की, वो दुनिया भी दिखला दूँ ,
परियों की------------------------------------------------
जीने का सहारा है तू, मेरे सूने जीवन का।
एक फूल है सबसे प्यारा, तू ही मेरे गुलशन का।।
आ फिर तुझको फूलों के, जैसा ही मैं महका दूँ,
परियों की------------------------------------------------
ओ मेरे जिगर के टुकड़े, आ तुझको लोरी सुना दूँ।
परियों की कहानी कहके, तुझे गहरी नींद सुला दूँ।।

# महजबीं

मुझको एक महजबीं से प्यार हो गया।
तीरे नजर उसका दिल के पार हो गया।।
एक ही नजर में उसकी चाह हो गई।
आज सारी दुनिया मुझको प्यारी हो गई ।।
मेरे गुलशनों में सारे फूल खिल गये।
आज मेरे दिल के सारे तार हिल गये।।
वो मिली क्या जिन्दगी से प्यार हो गया,
मुझको एक-----------------------------------
चाल उसकी जैसे कोई हिरनी चल रही।
जुल्फ खोल दे तो जैसे शाम ढल रही।।
नीली आँख उसकी झील से नहीं है कम।
बोली उसकी कोयलों के जैसी है नरम।।
रंग उसका जैसे चाँद घर में आ गया,
मुझको एक-----------------------------------
मेरी किस्मतें थीं जो वो मुझको है मिली।
मेरी सूनी जिन्दगी को रोशनी मिली।।
उसपे दिल तो क्या मेरी ये जाँ निसार है।
खुद से ज्यादा उसपे मुझको ऐतबार है।
हर घड़ी उसी का इन्तजार हो गया,
मुझको एक महजबीं से प्यार हो गया।
तीरे नजर उसका दिल के पार हो गया।।

# अजाब

तुमसे अलग हो के दिल को कैसे मनायें।
जीने का कोई तो आप ढंग बतायें।।
हम तुम्हारी चाहतों में लुट गये सनम।
तुमने पीछे मुड़कर भी देखा ना सनम।।
कितने हुए जालिम तुम कैसे बतायें,
जीने का---------------------------------------
बेवफा हुए थे जब ये सोचा क्यों नहीं।
कोई तुम बगैर जी सकेगा या नहीं।।
कुछ तो तरस खा के दिल से याद मिटायें,
जीने का---------------------------------------
दर्द भी है रंज हमको बेशुमार है।
थक गये हैं मौत तेरा इन्तजार है।।
हाल हुआ कितना बुरा किसको दिखायें,
जीने का---------------------------------------
उलझनों में इस कदर घिरे हुए हैं हम।
जिन्दा लाश की तरह से जी रहे हैं हम।।
इस अजाब का कोई तो तोड़ बताये,
जीने का---------------------------------------
तुमसे अलग हो के दिल को कैसे मनायें।
जीने का कोई तो आप ढंग बतायें।।

# साजिशें

चाहत की आरज़ू में मुझे साजिशें मिली।
सबकुछ मिला है मुझको वफायें ही ना मिलीं।।
मैं कहाँ फिसल गया था मुझे कुछ पता नहीं,
जब होश आया दूरियाँ ही दरमियाँ मिली।
चाहत की-------------------------------------
किस्मत के रंग रूप में तन्हाई आ गयी,
हर एक शह जहां में मुझे गैर ही मिली।
चाहत की-------------------------------------
किस्मत में गम लिखे हैं अगर दिल ये क्या करे,
जब भी बहार आयी खिजां संग हो चली।
चाहत की-------------------------------------
उसका ख्याल आया मेरा दिल है रो पड़ा,
जब-जब भी याद आयी नया दर्द दे चली।
चाहत की आरज़ू में मुझे साजिशें मिली।
सबकुछ मिला है मुझको वफायें ही ना मिलीं।।

# बेरुखी

बेरुखी करके हमें यूं ही जलाया ना करो।
जान के गैर हमें दिल से भुलाया ना करो।।
यूं अकेले ही किसी गम में तड़पते हो क्यों,
कोई भी बात कभी हमसे छिपाया ना करो।
जान के------------------------------------------
लोग सदियों से दिवानों से गिला करते हैं,
मानकर इनका बुरा अश्क बहाया ना करो।
जान के------------------------------------------
जब मेरे प्यार की छाँव है तुम्हारी खातिर,
इस कड़ी धूप में यूं खुद को जलाया ना करो।
जान के------------------------------------------
खूबसूरत है जहां साथ तो चलकर देखो,
हाथ को अपने कभी हमसे छुड़ाया ना करो।
जान के------------------------------------------
हो ही जाते हैं मोहब्बत में कभी शिकवे गिले,
राज की बात है ये सबसे बताया ना करो।
जान के------------------------------------------
बेरुखी करके हमें यूं ही जलाया ना करो।
जान के गैर हमें दिल से भुलाया ना करो।।

# प्रेम कहानी

प्रेमकहानी बनते बनते बन गयी आँख का पानी।
तोड के पिंजरा उड़ गया पंछी रह गयी याद निशानी।।
दो पल का मेहमान था कोई इतना याद रहा क्यों।
जब मुझको मालूम था उसको इतना प्यार किया क्यों,
मैंने अपने दिल के संग में ये खिलवाड़ किया क्यों।।
जाने वाला छोड़ गया बस रह गयी एक कहानी,
तोड़ के पिंजरा---------------------------------------
जख्मों के संग बाँध गया दिल उसका आकर जाना।
उसने मुझसे मुँह फेरा क्यों दिल को करके दिवाना,
चाहत है कोई सौदा नहीं ये कोई उसे समझाना।।
आफत बन गई जान की मेरी उसकी ये नादानी,
तोड़ के पिंजरा---------------------------------------
किस्मत की कश्ती यूं डूबी बाहर ना आ पायी।
पनघट पर जाकर भी मेरी प्यास नहीं बुझ पायी।।
दिल की मेरे दिल में रह गयी लब तक ना आ पायी।।
दिल टूटे जब हालत क्या हो बात अभी ये जानी,
तोड़ के पिंजरा---------------------------------------
प्रेमकहानी बनते बनते बन गयी आँख का पानी।
तोड के पिंजरा उड़ गया पंछी रह गयी याद निशानी।।

# राखी

धन से ना दौलत से होता दुलार।
राखी के बदले दो बहना को प्यार।।
दौलत से ज्यादा बड़ी है दुआ।
दौलत है झूठी है सच्ची दुआ।।
भाई की जब जब दुआएं मिलीं।
बहना ये बोली खुदाई मिली ।।
जुग जुग जिये पायें खुशियां अपार,
राखी के ------------------------------------
रेशम की छोटी सी इक डोर से।
संसार बंध जाता है प्यार से।।
रिश्ता ना इससे बड़ा कोई है।
माने ना जो वो नहीं भाई है।।
खुशियाँ उसे देके गम लो उधार,
राखी के ------------------------------------
इंसान जो फर्ज से गिर गया।
जीते जी दुनिया में वो मर गया।।
राखी की जो भाई इज्जत करे।
मर के भी दुनिया में जिन्दा रहे ।।
गर वक्त हो जां भी कर दो निसार,
राखी के ------------------------------------
धन से ना दौलत से होता दुलार।
राखी के बदले दो बहना को प्यार।।

# पत्थर के इंसान

बेदर्दों की महफिल है यहाँ, दिलवालों का काम नहीं है।
पत्थर के इंसान हैं इनको, चाहत की पहचान नहीं है।।
वो देखो रोती है मोहब्बत, मुंह को छिपाकर आँचल में।
कब उतरेगा इसका घूंघट, कब खेलेगी आँगन में।
लोग हैं देते इस पर पहरा, जैसे वो इंसान नहीं है,
पत्थर के इंसान -----------------------------------------------
आँखों में रहने वाला जब, दुनिया में खो जाता है।
फूलों का मौसम भी यारों, पतझड़ में ढल जाता है।।
प्यार के दुश्मन समझे ना पर, दिल इससे अन्जान नहीं है,
पत्थर के इंसान -----------------------------------------------
हाल कोई पूछे उनका जो, प्रेम की पूजा करते हैं।
रोज किसी की यादों में जो, जीते है और मरते हैं।
दुनिया को कैसे समझायें, दिल की लगी आसान नही है,
पत्थर के इंसान -----------------------------------------------
बेदर्दों की महफिल है यहाँ, दिलवालों का काम नहीं है।
पत्थर के इंसान हैं इनको, चाहत की पहचान नहीं है।।

# हम सफर

ओ मेरे हमसफर, कुछ तो तू गाये जा।
कोई गीत खुशी का, अब तो सुनाये जा ।।
दुनिया से आज कितने, हम दूर निकल आये।
बीती हुई यादों को, हम साथ नहीं लाये,
दुनिया के दर्द गम को, हम छोड़ चले आये।
ऐसे में एक पल भी, ना दूर मुझसे जा,
ओ मेरे--------------------------------------------------
ना कोई हमको गम है ना कोई भी फिकर।
इस दिल में बस रहा है, तेरे प्यार का ही घर,
आजा करीब मेरे, तू प्यार मुझको कर।
ये जाम मोहब्बत का, हर पल पिलाये जा,
ओ मेरे--------------------------------------------------
अब हर घड़ी तेरा ही, मुझे इंतजार है।
हर बात पर तेरी ही, मुझे एतबार है।
ये दिल तो क्या है तुझ पर, ये जां निसार है।
मैं चाहता हूं दिल में तू ही समायेजा,
ओ मेरे--------------------------------------------------
बेदर्द जमाने को, बता देंगे एक दिन ।
होता है कैसे प्यार, सिखा देंगे एक दिन,
अम्बर से इस जमीं को, मिला देंगे एक दिन।।
कदमों को अपने मेरे, संग में बढ़ायेजा,
ओ मेरे हमसफर, कुछ तो तू गाये जा।
कोई गीत खुशी का, अब तो सुनाये जा ।।

# ठोकर

गर प्यार करके देखा, हमें दोश्ती ने मारा।
तकदीर ने है छीना, जो दिल का था सहारा।।
दुनिया को छोड़ दें हम, या भूल जायें उनको,
ये सोच सोचकर के, ढलता है दिन हमारा।
तकदीर ने-----------------------------------------
किस्मत ने हमको यारों, ठोकर लगायी ऐसी,
दिल बाज़ियाँ दिलों की , है जीत करके हारा।
तकदीर ने-----------------------------------------
तन्हाईयों में हमको, जब उनकी याद आये,
हर याद की अगन से, जलता है दिल हमारा।
तकदीर ने-----------------------------------------
किसको सुनायें अपनी, बर्बादियों का किस्सा,
हर कोई है यहाँ पर, इन किस्मतों का मारा।
तकदीर ने-----------------------------------------
गर प्यार करके देखा, हमें दोश्ती ने मारा।
तकदीर ने है छीना, जो दिल का था सहारा।।

# दिल की बेताबियाँ

दिल की बेताबियों को हमने दिखाया ना कभी।
दर्द कितना है तेरे गम का बताया ना कभी। ।
वो घुटन आज भी है जो कभी तूने दी थी।
याद आता है मुझको मैंने मोहब्बत की थी।।
बिन तुझे याद किये लम्हा गुजारा ना कभी,
दर्द कितना -------------------------------------------
जब तेरे गम के अँधेरों ने मुझे घेर लिया।
मैंने अपना ये दिल जलाके उजाला है किया ।।
तेरी यादों में चिरागों को जलाया ना कभी,
दर्द कितना ---------------------------------------
महफिले-आम में चाहत ये मिटायी तुने।
मैयते-प्यार सरेआम जलायी तूने।।
वो भी मंजर मेरे जिगर ने भुलाया न कभी,
दर्द कितना------------------------------------------
दिल की बेताबियों को हमने दिखाया ना कभी।
दर्द कितना है तेरे गम का बताया ना कभी। ।

# भरम

मैं तुझे भूलना चाहता हूँ।
तेरा गम छोड़ना चाहता हूँ।।
कैसी हालत हुई मेरे दिल की,
ये बताना तुझे चाहता हूँ।
तेरा गम --------------------------------
प्यार करना अगर जिन्दगी है,
जिन्दगी छोड़ना चाहता हूँ।
तेरा गम--------------------------------
याद कोई रहे ना दिलों में,
हर भरम तोड़ना चाहता हूँ।
तेरा गम --------------------------------
मर नहीं जाऊंगा बिन तेरे मैं,
ये  दिखाना तुझे चाहता हूँ।
तेरा गम ---------------------------------
थक गया हूँ बहुत उल्फतों से,
चैन थोड़ा अभी चाहता हूँ।
तेरा गम---------------------------------
मैं तुझे भूलना चाहता हूँ।
तेरा गम छोड़ना चाहता है।।

# कुर्बानियाँ

मुझे बेवफा होना पड़ा तेरे लिये।
गम का जहर पीना पड़ा तेरे लिये।।
पूछो मेरे दिल से सनम क्या हाल है।
तेरे बिना इक दिन मुझे इक साल है।।
फिर भी जुदा होना पड़ा तेरे लिये,
गम का ------------------------------------
चाहत ही क्या जिसमें ना हो कुर्बानियाँ।
उल्फत का ही ईनाम हैं तन्हाइयाँ।।
कुर्बान दिल करना पड़ा तेरे लिये,
गम का----------------------------------------
बेचैन है गर दिल तेरा इस बात से।
तो खुश सनम मैं भी नहीं इस काम से ।।
मुझे काम ये करना पड़ा तेरे लिये,
गम का ----------------------------------------
तकदीर ही वो शह है जो बदले नहीं।
लिक्खा है जो किस्मत में वो बदले नहीं।।
तकदीर से झुकना पड़ा तेरे लिये,
गम का------------------------------------
मुझे बेवफा होना पड़ा तेरे लिये।
गम का जहर पीना पडा तेरे लिये।।

# आखिरी सदा

सदा आखिरी है चले आओ तुम।
ये नाज़ुक घड़ी है चले आओ तुम।।
नहीं चाह तुमसे खुशी दो मुझे।
ये ख्वाहिश नहीं के हंसी दो मुझे।।
अगर चाहते हो रुला जाओ तुम,
भुलाया मुझे तुम बने ना मेरे।
शिकायत नहीं की जिगर ने मेरे।।
पराए ही बनकर चले आओ,
अटक सी रही ये मेरी सांस है।
मुझे बस तुम्हारी ही इक आस है।।
झलक एक अपनी दिखा जाओ तुम,
किसे है पता फिर मिलें ना मिलें।
जो सूरत दिखा दो तो हम भी चलें।।
हैं दो-चार सासें चले आओ तुम,

# सितम

रकीबों पे उनका करम आजकल है।
कोई हमसे यारों खफा आजकल है।।
जलाने को हमको हुए दूर हैं वो।
रुलाने को हमसे हुए बेवफा वो।।
मेरे दिल पे उनका सितम आजकल है,
उन्हें चाहतों का तजुर्बा नहीं है।
अभी दिल्लगी का पता ही नहीं है।।
हमें गम सताता यही आजकल है,
जो हंसके हमारी तरफ देख लेंगे।
हमें जिंदगी के बहाने मिलेंगे।।
नजर हमसे उनकी जुदा आजकल है,
वफाएं हमारी भुलाएंगे कैसे।
मोहब्बत को दिल से मिटाएंगे कैसे।।
इन्हीं उलझनों में कोई आजकल है,

# सावन के बादल

वो सावन के बादल बरसने को आए।
तुम्हारी कमी थी मगर तुम ना आए।।
गंवारा हुआ ना तुम्हें संग चलना।
मेरे दिल में रहकर मेरे संग जीना।।
हुई क्या खता जो मुझे छोड़ आए,
ये गम जिंदगी से निकलता नहीं है।
वजन इसका दिल से सम्हलता नहीं है।।
मेरे दर्देदिल ने बहुत तुम बुलाए,
सजी जब भी कोई दीवानों की महफिल।
बहारों में जब भी खिला कोई गुलशन।।
मुझे उसे घड़ी तुम बहुत याद आए,

# वफाओं का घर

वफाओं के घर में ठिकाना मिला ना।
तेरी दोस्ती का सहारा मिला ना।।
बनाकर खुदा मैं जिसे दिल में रखता,
मुझे प्यार दिलवर वो तेरा मिला ना।
जुदा होके तुझसे मैं जीता भी कैसे,
मुझे जिंदगी का बहाना मिला ना।
जहां बांट लेता गमों को मैं अपने,
मुझे वो खुशी का नजारा मिला ना।
लिखा होता जिस पर कहीं नाम मेरा,
मुझे वो फलक पर सितारा मिला ना।
भटकता रहा मैं हमेशा भंवर में,
मेरी कश्तियों को किनारा मिला ना।

# इनायत

नहीं रूठ जाती ये किस्मत हमारी।
अगर हमपे होती इनायत तुम्हारी।।
इशारों पे चलते मेरे चांद तारे।
के पलकों पे रखते हमें लोग सारे।।
नहीं गैर होती कोई शह हमारी,
गली में हमारी खुशी नाचती थी।
नजर आंसुओं में नहीं डूबती थी।।
पराई ना होती खुशी ये हमारी,
यतीमों की तरहा नहीं घूमते हम।
मुकद्दर को अपने नहीं कोसते हम।।
नहीं आज बनते गली के भिखारी,
मोहब्बत का आलम तुम्हें क्या बताते।
अगर आजमाते हमें जान जाते।।
तुम्हें सौंप देते सनम जां हमारी,
बरसता है हर दिल निगाहों से पानी।
बड़ी गम भरी है मेरी जिंदगानी।।
गुजरती ना यूं उम्र  जैसे गुजारी,

www.ingramcontent.com/pod-product-compliance
Lightning Source LLC
LaVergne TN
LVHW010759051026
849532LV00007B/2407